KB261820

영원이
미래를 돌아본다

영원이
미래를 돌아본다

이제니 시집

2026
문학실험실

시인의 말

읽지도 않고 묻어둔 시간이 있었다.
되돌아보기 위해 쓰기만 했다.

써 내려간 종이들을 펼쳐 열었을 때
문장은 자신의 길을 걸어갔음을 알기 위해서.

이제는 말보다 먼저 빛이 다가온다.
그러면 되었다고 생각했다.

사랑만이
오직 사랑만이.

005   시인의 말

013   영원은 엷어지는 분홍

014   깨어 있는 물가에서

016   돌이 준 마음

018   너는 나의 진눈깨비 앵무의

021   영원이 미래를 돌아본다

024   나의 언덕 위로 해변의 부드러움이

028   멀리서 들려오듯 가까이에서

031   색채 속을 걷는 사람

034   눈먼 마음의 무한함으로

036   영원처럼 두 사람이

038   이파리와 지푸라기

041   물을 바라봄

044   음각의 빛으로 어른거리는

047   열매도 아닌 슬픔도 아닌

052   어린 구름에 얼굴을 묻고

056   너는 멈춘다

058   조그만 미소 속에서 조그만 길을 가는

062   너와 같은 그런 장소

070   우리가 잃어가게 될 그 모든 순간들   사과라고 쓰면 사과가 나타난다

077   우리가 잃어가게 될 그 모든 순간들   이제 너는 검은색으로 보인다

080   우리가 잃어가게 될 그 모든 순간들 4′33″

083   우리가 잃어가게 될 그 모든 순간들 숨기에도 숨기기에도 좋았다

086   우리가 잃어가게 될 그 모든 순간들 하나의 손이 하나의 손을 잡을 때

089   빛나는 얼굴로 사라지기

092   나무 새의 마음으로

094   잔디 공원의 공허 속을 걸어가는

096   한낮의 그늘 찾기

099   어둠이 불러다 먹인 입을 바라본다

104   하나의 잎이 너를 찾아낼 때까지

108   모래와 유리

111   거의 그것인 것으로 말하기

114   빈칸과 가득함

118   마미의 사각 거울 마음

122   붉은 공을 사이에 둔 소년과 개

126   걷는 발걸음과 함께 걷는 발걸음

129   밤의 방향과 구슬 놀이

133   Mmm과 바람과 나

136   사잇길에서 만나기

138   걷기 아름다움 걷기

141   발견되는 춤으로부터

146   맑은 물은 맑은 물을 만진다

152   물과 산책

154 옛날의 숲에게

158 겨울 언덕으로부터

161 다시 다가오는 향기를

164 되기-일몰을 바라보는 눈

166 되기-눈과 손과 문과 사랑의 언어

168 되기-물방울 속의 물방울

173 되기-들판의 삼각형

176 되기-잿빛 위의 작은 파랑

184 되기-거울을 바라보는 거울

189 되기-말라가는 물감의 표면

192 되기-종이의 접힌 가장자리

196 되기-은빛 실선의 그림자

200 되기-마지막에서부터 시작되는 첫 장면

204 되기-나 없는 나

209 되기-노래하는 그릇 소리

214 되기-그 밖의 모든 것

225 나무 무덤 찾기

234 感 • 슬픔의 내부에 새겨진 문장들_강보원

하늘에 있는 엄마에게

영원은 엷어지는 분홍

영원의 세계는 고독으로 물들어 있었다. 영원은 하늘의 목소리를 받아 적을 수 있다는 사실을 이미 알았다. 종이와 물감을 다루듯 사랑과 고독의 낱말을 써 내려가던 날들 속에서. 세계는 영원의 회전 속에서 진동하고 있었다. 원. 타원. 나선. 삼각형. 영원의 문장은 기하학의 세계와 맞닿아 있었다. 더는 무엇도 분별하지 않기로 했으므로. 영원의 세계에서 시간과 공간은 중첩되어 순환하고 있었다. 이것은 과거였던 미래를 품은 기록이다. 영원은 어두운 곡선을 그렸다. 어두운 수첩에 영원의 숫자와 영원의 도형과 영원의 낱말을 봉인해두려고. 닮은 영혼에게 언제고 전해지리라는 믿음으로. 영원은 분홍으로 엷어진다. 소멸이 아니라 무한을 향해. 위로 위로 올라가려고. 위로 위로 올라가서 본래의 자신이 되려고.

깨어 있는 물가에서

그 꿈속에서 우리는 깨어 있는 물가에 놓여 있었다. 강이라고 하기에도 호수라고 하기에도 연못이라고 하기에도 어울리지 않는 물가였다. 일렁이는 빛줄기 속에서. 이름도 없이 사라져간 얼굴들 속에서. 물 위를 걸어가라. 물 위를 걸어가라. 혼잣말하듯 작고 낮은 목소리가 들려왔기에 우리는 물 위를 걸었다. 의심 하나 없는 마음으로 물 위를 걸었다.

무성한 나무의 연두가 물가 너머로 우거지고 있었다. 이지러지며 빛나는 물결이 우리를 흔들었으므로 우리는 깨어 있는 꿈속을 반복해서 드나들었다. 깨어 있는 물결 속에는 깨어 있는 물고기 하나. 깨어 있는 조약돌 둘. 깨어 있는 눈동자 셋. 깨어 있는 흘러감 넷. 채울 수 없는 여백 위로 복원할 수 없는 장면들이 흘러가고 있었다. 너는 매일의 마음을 깊이 들여다보는 사람이니까 어떤 말들이 우리를 어둡게 물들여왔는지 분명히 알 수 있겠지. 꿈 밖에서 들려오는 목소리가 있어 우리는 뛰어들기 직전의 연두 앞에서 다시 멈추었다. 연두 너머에는 흔하고 흔치 않은 것들이 제 그림자를 드리우고 있었다.

순간의 순간을 걸어갈 수 있을까 우리는.

있는 듯 없는 듯 살아가는 것들.
흐르며 흩어지다 사라지는 것들.

나의 두 눈은 좇고 있었다. 눈보다는 귀가 먼저. 귀보다는 입이 먼저. 입보다는 마음이 먼저. 바닥 없는 바닥으로 내려앉아 본 적 있는 얼굴이 사람의 빛을 이어가고 있었다. 곳곳에서 가득히 낱낱이 모두 함께 그러했다.

돌이 준 마음

돌에게 마음을 준다. 빛나는 옷을 입힌다. 높다란 모자를 씌운다. 돌은 마음을 준 돌이고. 돌은 마음을 준 옷을 입고 있고. 돌은 마음을 입은 모자를 쓰고 있다. 움직이지 않는 돌에게 마음을 쓴다. 살지 않는 돌에게 말을 건넨다. 마음을 쓰고 쓰면서 마음을 두드리고 두드린다.

살아가라고.
사라지지 말고 살아가라고.

두드리고 두드리면 들려오는 것. 들려오고 들려오면서 날아가는 것. 어리고 여린 돌의 흰 가루. 더는 만날 수 없는 몸의 고운 뼛가루. 날리고 날려서 들판으로 날아간다. 날아가고 날아가서 바닷길에 닿는다. 한 줌 쥐어보는 돌의 마음. 손가락 사이로 흩어지는 돌의 시선. 길목

과 길목에는 손길이 닿은 돌이 놓여 있다. 빛나고 높다
란 것이 점점이 흩뿌려져 있다. 사랑하는 표정이 줄줄이
길을 가고 있다. 다정한 손끝이 가리키던 한낮의 빛. 품
어주고 품어주던 너른 장소. 누구와도 닮지 않은 억양으
로 내 이름을 부르던. 큰 돌 위에 작은 돌. 작은 돌 위에
더 작은 돌. 쌓고 쌓으며 기도하던 두 손의 간절함으로.
돌이 준 마음이 날아가는 옷을 입고 있다. 마음을 준 돌
이 사라지는 모자를 쓰고 있다. 사라지는 모자를 쓴 돌
이 사라지는 마음이 되어 닿고 있다. 마음을 다해 마음
이 되어 마음에 닿고 있다.

사라지는 것으로 살아가면서.
살아 있는 것으로 휘날리면서.

몸을 보라고. 몸이 아닌 몸을 보라고. 돌이 준 마음을
안고 있다. 돌이 된 마음을 알고 있다. 몸 아닌 몸으로 움
직이는 돌이 있다.

너는 나의 진눈깨비 앵무의

나뭇가지 위에 앵무를 내려놓는다

앵무는 백색의 기쁨이어서
가지와 가지 사이를 백색의 진눈깨비가 흩날린다

너는 겨울 옷깃을 여미며 거리로 나선다

회복기 환자의 얼굴로
녹아내리는 눈송이를 맞으면서

앵무는 너의 품에서 소중히 살아 있다

너는 너의 곁에서 나란히 걷고 있다
너의 오랜 뒷모습을 돌아보듯이

그러니 당신도 살아요
그러니 당신도 당신의 색으로 담담히 살아요

앵무는 말하고 진눈깨비는 끝없이 내려앉는다

너는 나의 진눈깨비 앵무의 백색의 슬픔이어서

겨울 외투는 너를 감싸고
겨울 눈길은 무한으로 뒤덮이고

거리는 넘쳐난다
너와 나의 얼굴로
너와 나의 앵무로

시간은 빛나는 것이 아니요
시간은 견디며 나아가는 것이 아니요

다만 흐려지는 눈앞의 연약함으로
네 곁을 걸어가는 사람의 단단함으로

앵무는 너의 품에서 소중히 잠들어 있다

맑고 깊고 흔들리는 것이
너의 얼굴 위로 끝없이 내려앉는다

영원이 미래를 돌아본다

들판이 바람을 불러내 사랑을 속삭이고 있다. 아직은 죽지 마. 죽기 전까진 미리 죽지 마. 이미 죽은 적이 있는 우리는 서로의 이름을 뒤집어쓴 채 속삭이고 있다. 각자의 거울 앞에서만 울고 서로의 이름 앞에서는 들판을 이어갔다. 실은 둘 중 이미 하나는 죽었다. 나 아니면 너. 어제 아니면 오늘. 바람은 죽은 것을 사랑하는 냄새를 풍기고 있어서 들판은 보이지 않는 꽃을 그리고 있다. 먼 나라에서 온 꽃의 이름은 잊은 지 오래였다. 눈길을 따라 고개를 돌리면 길 끝에서 걸어오는 하나의 사람. 두 팔을 벌려도 안을 수 없는 나무둥치 아래로 마음을 잃은 마음이 모여든다. 눈과 귀와 맑은 얼굴들이 모여 만든 목소리의 빛 그늘. 영원이 미래의 얼굴을 돌아볼 때 바람과 들판은 손을 잡을 수 있다. 사위어가는 빛 속에서. 서로를 바라보며 두 손을 맞잡을 수 있다. 야위어가는 빛이 있다면. 내면에서 울리는 음률을 들을 수 있다. 들을 수 있는 내면이 있다면. 말 없는 말로 번져가는 감정을 느낄 수 있다. 느낄 수 있는 감정이 있다면. 사랑을 알지 못하는 사람이 힘차게 걸어온다. 계절이 멈춘 옷을 입고서. 보이지 않는 두 팔을 흔들면서. 받고 싶었던 사랑을 오늘의 들판에게 건네주려고. 바람은 기억이 되어 들판으로 불어온다. 나무 그늘 아래로 없는 개의 하얀 털이 날리고 있다. 구름처럼 흩날리다가 흰빛으로 사라져가고 있다. 아득한 빛에 눈이 멀어서 들판은 천사의 이름을 뒤집어쓴 채 넓어지고 있다. 잃어버린 사람의 이름을 기억하는 방식으로 꽃의 이름을 배우고 있다.

구월에서 시월로
넘어가는 순간이 영원처럼 좋았습니다.

이것은 천리향. 이것은 만리향.

바람을 따라오는 향기 덕분에
잃어버린 사람을 떠올릴 수 있습니다.

같은 나무를 다른 이름으로 부르길 좋아하는 입으로 들판은 노래를 불렀다. 묻어둔 잔향을 노래하는 숨으로 환하게 춤을 추었다. 못다 한 말이 가득해서 들판은 오래오래 넘실거리고 있다. 사이사이. 세계는 무덤으로 가득 차고 있다. 사이사이. 빈자리는 채워지고 또 채워지고 있다.

엄마, 흰빛을 따라가세요.

바람은 모르는 꽃의 이름을 귓속말로 일러주었다. 태어난다는 것은 다시 돌아온다는 것이다. 이전과 다른 몸이 되어 이전과 다른 이름으로 돌아온다는 것이다. 하나의 몸으로 여러 개의 이름을 가진다는 것은 한없이 가벼워지는 일이어서. 너는 보이지 않는 눈이 되어 그 모든 것을 한눈에 다 알아보았다. 그러니까 사랑 때문이다 사랑 때문이다. 없는 목소리가 그리워서 사전을 펼쳐 열어 사랑이라는 낱말을 찾아보는 밤이 있다. 혼자 묻고 혼자 답하는 빛 그늘 우거짐 속에서. 들판의 바람은 끊이지 않아서 슬픔 비슷한 것이 나뭇잎 하나를 흔들고 있다.

나의 언덕 위로 해변의 부드러움이

나는 언덕의 유품으로 이 해변에 앉아 있다

언덕은 많지 않은 무언가를 남겼고
나는 언덕의 밝혀지지 않은 이웃 중의 하나이다

밝혀지지 않았다는 것은
아무에게도 보이지 않았다는 것
아무에게도 보이지 않았다는 것은
누구에게도 사랑받지 않았다는 것

해변은 기억의 숲을 가지고 있다
숲은 닫히지 않은 문을 가지고 있다
언덕은 회전하는 마음을 가지고 있다

돌이켜 보면
닫히지 않은 문은 이미 닫혔던 기억으로 환하고
언덕의 마음은 누구의 것도 아닌 언덕의 것으로 찬란
하다

모래 조개 자갈 무덤
모래 조개 자갈 무덤

떠나온 곳에서 떠나간 곳으로 집을 옮기는 심정으로
지나온 곳에서 지나간 곳으로 어둠을 옮겨온 고단함
으로

한 사람이 닫힌 문 너머에서 전생처럼 걸어오고 있다
해변은 사라진 발자국들로 매 순간 새로운 색을 펼치
고 있다

이름 모를 개 한 마리 해변의 끝에서 끝으로 달려가고
가능성의 물결 앞에서 물장구를 치던 아이의 발등이
있어

알고 있는 것이 더 이상 알고 있는 것이 아닐 때
알 수 없는 것들이 알 수 없는 채로 더없이 빛날 때

나는 이제 그만 죽어도 좋을 것 같구나

다른 이의 말을 전하듯
제 속말을 하던 사람은 보이지 않고
공놀이를 하는 개의 평화로움이 언덕을 물들이고 있다

당신이 사라졌으므로
나는 끝끝내 열리지 않는 비밀이 되어갑니다

개는 주인을 가지고 있고 주인은 공을 가지고 있다
공은 공기를 가지고 있고 공기는 나를 가지고 있다

나를 가지고 있는 공기를 가지고 있는
공을 가지고 있는 주인을 가지고 있는
개는 자꾸만 공을 놓치면서
점점 더 자기 자신이 되어가고 있다

멀리 있는 것들이 가까이에서 빛을 발할 때
　멀리 있는 것들이 스스로를 밝히며 아무도 모르는 얼굴이 되어갈 때

돌아갈 곳이 있다는 사실이 거룩한 고행 같았다

멀리서 들려오듯 가까이에서

돌이킬 수 없는 슬픔에 대해서 쓰고 있으면
백지 위로 몰려오는 겨울 묘지 여행

겨울 묘지는 색이 없고 겨울 묘지는 말이 없어
무채색 속의 입김이 흑백의 혼백으로 피어오른다

이른 아침 새장 속 새를 떠나보낸 너는
마른 빵조각을 흘리며 그늘진 묘비를 쓰다듬는다

너의 발치로 가만가만 모여드는 잿빛 비둘기들

죽음의 정원은 퇴락하면서 자리를 넓히고 있다
되돌릴 수 없는 슬픔이 충만한 기쁨으로 변모해가고
있다

너는 준비해 간 꽃송이 몇 개를 묘석 위에 얹어둔다

순간순간
순간의 순간
순간의 순간의 순간
순간의 순간의 순간의 순간

묘석 아래에 묻힌 가수의 노래가 꿈결처럼 흘러나온다
위안이 필요했던 시절의 음률이 다시 눈앞으로 다가
오고 또 다른 너 자신이었던 한 사람의 어둠이 너를 안
아주고 있어서

나의 사랑하는 죽은 사람아
나의 사랑하는 눈먼 사람아

한 송이 한 송이 꽃을 던지며
한 시절 한 시절 작별을 고한다

되돌릴 수 없는 슬픔이
휴일의 산책자에게 은밀한 안식이 되어주는 한낮

집 없는 소년 소녀가 묘지 사이를 흘러 다니고 있네
　말 없는 소년 소녀가 묘석 위에 적힌 마지막 말을 읽
어 내리고 있네

겨울 묘지는
누군가 영영 잃어버린 낱말들의 공동체 같아서
누군가를 대신해 울어주는 공평한 입술 같아서

너는 걷고 걷고 또 걷는다

한 발 한 발 지상으로부터 멀어지듯이
한 뼘 한 뼘 다시 지상으로 내려오듯이
멀리서 들려오듯 가까이에서

영원과도 같은 목소리가 전생처럼 들려왔다

색채 속을 걷는 사람*

어제는 기억나지 않는 누군가와 색채 속을 걷는 꿈을 꾸었다. 나란히 함께 걸었던 사람은 엷고 얇은 색채 리본 다발을 부드러운 풀잎처럼 흔들면서 걷고 있었다. 그는 자신이 그 모든 색깔을 향기로도 숫자로도 심지어 도형으로도 감각할 수 있다고 했다. 그러나 그는 감각의 향연을 누리는 대신 점점 더 감정을 잃어가고 있다고도 덧붙였는데. 감정 없는 감정 속에서. 감정 없는 감각의 무한 속에서. 사람 너머의 사람으로 살아가는 것도 나쁘지 않겠다고 나는 혼잣말을 했고. 걷고 걸어 우리가 도착한 곳은 이미 도착한 적 있는 마음의 바닥이어서. 잃어버린 그늘을 찾아 떠난 그 모든 걸음과 걸음이 그러하듯. 길과 길은 이어지면서 사라지고 있었고.

나뭇잎. 잎맥. 꽃잎. 잎사귀.

늘어진 가지의 흔들리는 그림자 속에서 걸음을 멈추었을 때. 알지 못하는 꽃의 향기만이 지천으로 번지고 있어서. 저녁의 흙길은 떠올려본 적 없는 미지의 얼굴로 다가오고 있었고……

나뭇잎. 잎맥. 꽃잎. 잎사귀.

꿈에서 깨어났을 땐 낯익은 얼굴이 누구인지 기억나지 않았다. 코랄. 마룬. 월넛. 우드. 인디고. 토파즈. 세피아. 터쿼이즈. 진저. 모스. 버건디. 바이올렛. 포그. 시에나. 클레이. 슬레이트. 더스트. 세이지. 제이드. 스노우. 듄. 스카이. 미스트. 미드나잇. 실버. 앰버. 문스톤. 포레스트. 베이지. 그레이. 마젠타. 비터스위트…… 그저 그가 발음하던 색의 이름만이. 아니 색의 이름을 발음하던 그의 목소리만이 떠오를 뿐으로. 간신히 기억해낸 색의 이름들도 이미 알고 있던 색의 이름들 중의 하나일 뿐이었으므로.

나는 내가 알지 못할. 알지 못해 다시 만나지 못할. 있지만 보지 못하는 세계의 명도와 채도가. 그 모든 미묘

하고도 아름다운 색의 질감이. 내가 잃어버린 그 모든 색의 이름들이 사무치게 그리워졌고. 이미 벌어진 사건의 진실과는 무관하게. 문장화되는 순간 사라지거나 덧붙여지는. 문장의 그늘에 갇혀 왜곡되거나 은폐되는 진실들을 하나하나 되짚어보게 되었고. 그렇다면 어떤 일들을 다시 새롭게 문장화함으로써. 손쓸 도리 없는 일에 대한 감각을 새롭게 써 내려감으로써. 흐르고 흐르는 감정들을 새롭게 불러들일 수 있다고. 그렇게 몸과 마음을 다시 일으켜 세울 수 있다고. 다시금 스스로를 타이르고 타일렀고.

그리하여
다시 감은 눈의 안쪽으로부터 걸어오고 있는.
어느 날의 무채색의 사람이 있어……

＊ 조르주 디디위베르만, 『색채 속을 걷는 사람』, 이나라 옮김, 현실문화A, 2019.

눈먼 마음의 무한함으로

만나러 가는 사람이 되어 걸어가고 있다. 좁은 골목 저 끝으로 사람 하나가 자전거를 타고 지나간다. 휘날리는 옷자락. 흩어지는 웃음소리. 밤의 수군거림으로 번지는 오래전 뒷모습. 풍경으로 스며든 사람을 찾아 헤매고 있다는 것을 알아차린 것은 이미 풍경을 지나친 뒤였다. 잊어버린 사람을 다시 잊어버린다는 것. 물러난 자리에서 다시 한 발 더 물러난다는 것. 만나러 오는 사람은 인상이 평범하다고 했다. 아무것도 아니어서 무엇이든 될 수 있다고 했다. 구름이 구름을 불러 모아 하늘을 뒤덮고 있는 사이. 수풀 뒤편의 샘물줄기가 작은 웅덩이를 만들고 있는 사이. 나 자신을 연기하는 나 자신이 되어 만나러 가고 있다. 다가가는 것만큼 멀어져가면서. 만나러 가는 사람이 만나러 오는 사람으로 변모하고 있다. 순간순간 입장이 뒤바뀌면서. 꿈결 속 전경의 얼굴이 물

러나듯이. 먼 산의. 눈먼 마음의. 아무것도 아닌 것의 무
한함 같은 것이 다가오고 있다. 후회와 존중의 마음으로
다가오고 있다. 감은 두 눈을 만져보던 어느 날의 두 손
으로. 빛나는 사람을 잃어버렸다는 뒤늦은 회한으로. 복
도의 끝에는 먼지가 내려앉은 거울 하나가 걸려 있다.
다가올 시간을 가리키는 점괘처럼. 멀리로부터 어렴풋
하게 얼굴 하나가 떠오르고. 물러나듯이 다시 다가오는
흰 산. 살아 있음으로 인해 멈출 수도 있는 가능성으로.

그것은 오래전 내가 사랑했던 사람의 이름입니다.
너와 같은 그런 장소. 너와 같은 그런 어둠.

만나러 오는 사람이 되어 만나러 가고 있다. 점괘의
순서를 다시 뒤섞듯이 걸어가면서. 자전거를 타고 지나
가던 사람의 얼굴이 문득 선명해진다. 실은 울고 있었
다. 그래. 내내 울고 있었어. 지나치는 구름들. 지나치는
사람들. 지나치는 이름들. 지나치는 바람들. 순간순간
도착하는 풍경의 일부로 스미면서. 만날 수 없는 것을
만나러 가는 사람이 되어 걸어가고 있다.

영원처럼 두 사람이

빛 덤불 밖으로 걸어 나오는 사람을 본다. 옆모습. 하나인 채로 둘인 옆모습. 하염없다. 속절없다. 빛은 사람을 통과하고. 사람은 시간을 통과하고. 시간은 태양을 따라 그늘을 드리우고 있다. 우리는 점점 늙어가면서 어려지고 있다. 우리는 점점 사라지면서 다시 처음으로 살아가고 있다. 그것은 그리 어렵지 않게 그릴 수 있는 도형입니다. 보이지 않는 것을 바라보는 눈. 나는 언젠가의 내가 기다렸던 바로 그 사람입니다. 빛 덤불 밖으로 걸어 나온 사람은 목소리 없이 말한다. 하나 그리고 둘. 희미한 채로 희미하지 않은. 희미하지 않은 채로 희미한. 우리는 우리라고 부르기엔 너무 가까워 이미 하나의 죽음에 가 닿아 있다. 그림자 하나. 그림자 둘. 지워져가는 문양의 순서를 다가올 행운의 계시로 받아들이는 누군가가 있다.

시간 속에서.
흐르는 시간 속에서.

그것은 점점 길이가 줄어들고 있다. 그것은 점점 말 수가 줄어들고 있다. 관대함이란 더는 무엇도 설명할 언어를 필요로 하지 않는 마음입니다. 몸의 앞쪽을 향해. 어리고 약한 것을 향해 자꾸만 구부러지는 것. 기어이 한사코 보듬어주고 쓰다듬어주는 것. 보이는 대로 바라보지 않는 오늘의 눈이 있다. 덤불 밖은 언젠가 두고 온 저세상처럼 환하다. 견딜 수 없는 장면들을 건너와 덤불 밖 빛 어둠으로 걸어 나올 때. 맞잡은 두 손이 더는 누구의 손인지 알 수 없게 되었을 때. 분별할 수 없는 숨결로 노래를 부르고 있다. 쏟아지듯이 쏟아내듯이. 마지막으로 남는 명사 하나를 밝혀내기 위해 써 내려가고 있다. 도식화되지 않는 사랑의 몸짓을 읽어내려고 가만히 들여다보고 있다. 그림자는 말이 없고 흑백의 사람은 빛 덤불 밖으로 걸어 나오고 있다. 사진 속에서. 옛날의 사진 속에서. 빛나는 얼굴로 사라지면서. 보이지 않는 언덕을 향해. 두 사람이 영원처럼 걸어가고 있다.

이파리와 지푸라기

울지 않는 숲의 동물들처럼 슬픔이 사람의 얼굴을 하고 있다. 이파리와 지푸라기. 이파리와 지푸라기. 겨울 꿈속을 걸어가면 겨울 숲속이 나타나고. 겨울 숲속의 겨울나무는 보이지 않는 잎과 꽃과 뿌리를 품고 있다. 마르고 단단한 나무 둥치에 귀를 기울이면 다가올 계절의 색깔을 읽을 수 있습니다. 이파리와 지푸라기. 이파리와 지푸라기. 다시 들을 수 없는 목소리를 되뇌면서. 다시 부를 수 없는 이름을 읊조리면서. 겨울 들판을 걸어가면 겨울 눈밭이 나타나고. 희고 맑은 것이 하나둘 얼굴 위로 떨어져 내린다.

누군가 먼 숲에서 청동으로 만든 작고 둥근 명상 그릇을 두드리고 있다. 울림은 완만한 파형을 그리며 당신을 감싸고 있다. 이파리와 지푸라기. 이파리와 지푸라기. 다가올 어둠을 알지 못했던 천진한 얼굴이 지나가고. 다시 돌아오지 못할 안녕의 말들이 건너가고. 어느 날의 슬픔은 막막하고 한이 없어서. 수면으로 떠오르는 물고기의 입 모양으로 울음 없는 울음을 울었고. 둔중한 둔기에 얻어맞은 듯 너 자신을 초과하는 마음의 고통에 굴복한 채로. 오래도록 유령 혹은 그림자의 형상으로 네 곁을 머물렀던 그것을 문득 발견한다. 이파리와 지푸라기. 이파리와 지푸라기. 기억 없는 꿈을 받아쓰면서. 기약 없는 내일을 기다리면서. 거의. 살아 있는 사람처럼. 거의. 죽어 있는 나무처럼.

　삶 속에 있었던 때보다 더욱더 생생한 표정으로 꿈속에서 살아가고 있다. 의심 없이 누려왔던 시간을 너만의 음률로 다시 배열한다. 얼굴과 얼굴의 자리를 뒤바꾸면서. 지우고 덧붙이기를 반복하면서. 지나온 안부를 거슬러 올라가면서. 남겨진 다정을 길어 올리면서. 멀리 있어서 더욱더 선명해지는 형상이 있어. 너는 너 자신의 얼굴을 바라보듯 꿈속의 얼굴을 들여다본다. 이파리와 지푸라기. 이파리와 지푸라기. 겨울 꿈속의 겨울 숲속의 겨울 언덕의 겨울 눈밭 위를 영원처럼 걸어가고 있는.

다가올 계절에 다시 도착할 지난날의 잎과 꽃과 가지들을 품고서. 어느새 울림 그릇의 진동이 조금씩 잦아들고 있다. 작별의식이 마지막에 이르렀다는 듯이. 떨어진 잎들은 다시금 떠오를 수 있다는 듯이. 이파리와 지푸라기. 이파리와 지푸라기. 겨울 꿈속의 낱말들이 먼 숲의 울림을 다시 이어내고 있다.

물을 바라봄

　낯선 나라의 낯선 도시에서 낯선 물을 바라보고 있다. 어제의 너와 어제의 내가 어제의 물을 바라보고 있다. 물을 바라보는 것이. 번져가는 물빛의 형상을 따라가는 것이. 삶에 대한 은유를 읽어내는 일이라도 된다는 듯이. 너의 옆얼굴은 황금빛 석양 속에서 나타났다 사라지기를 반복한다. 돌이킬 수 없는 황금빛이 어제의 너를 집어삼켰으므로. 오늘의 너는 색채 모자를 쓰고 머나먼 순례의 길을 걷고 있다고 나는 믿고 있다. 길모퉁이. 담벼락. 인적 드문 골목과 골목. 사라진 사람과 함께 사라진 낱말들. 혼자 남은 오늘의 내가 어제의 너와 함께 어제의 물을 바라보고 있다. 돌아갈 수 없는 황금빛이 어제의 너와 나를 천천히 물들이고 있다. 드리워지는 녹색의 빛이 남몰래 가슴 아프게 좋았습니다. 언젠가 나누었던 너의 말과 말 사이로 저 너머의 태양이 스러진다. 부서지며 사라지는 태양은 누구도 볼 수 없는 녹색 광선을 품고 있다. 공원이라든가. 정원이라든가. 풀밭이라든가. 계단이라든가. 숨어서 울기에 좋은 낱말들이 오래된 나의 슬픔을 돕고 있다. 길모퉁이를 돌면 꿈속의 공원이 이어진다. 회백색의 날개를 접은 채로 걷고 있는 몇 마리의 비둘기들. 분수식 식수대에서 단속적으로 흐르는 물줄기들. 어떤 위치에서 어떤 그림자가 어떤 자세를 유지하고 있는 것을 보고 있다. 움직이지 않으면서 움직이는 것들의 움직임이 눈물겹습니다. 감았던 눈을 뜨면 회백색의 풍경에 문득 균열이 생기고. 기도하는 동굴이 홀연히 나타나고. 휘파람 낮게 불면서 어제의 새들이 드나들고. 엷고 푸른 옷을 입은 내면 아이가 날숨처럼 뛰어나온다. 기도하는 종이가 펼쳐지고 있습니다. 가닿을 수 없는 저 너머에 가닿겠다는 듯이. 종이에 구멍을 내듯이 단어와 단어를 겹쳐 적고 있었으므로. 엷고 푸른 내면 아이는 춤을 추듯이 앞서가고 앞서간다. 앞서가면서 사라지고 있습니다. 저것은 헛것이야. 저것은 죄책감이야. 눈을 씻고 다시 담벼락을 쳐다보면. 착하고 고운 빛으로 살았던 한 사람의 얼굴이 드러나고. 사라지는 것의 도식을 헤아리기라도 하듯이. 그늘진 도토리 하나를 주워 뒤

뜰의 나무 아래에 숨기면. 비어가는 구멍 하나. 비어가는 구멍 둘. 들은 비어가고. 둘은 지워지고. 비어가는 들을 무엇이라 부를 수 있습니까. 이미 빈 들인데 더욱더 빈 들이라는 말의 이 부드럽고도 다정한 폭력을 당신은 이해할 수 있습니까. 물러나듯 밟고 나아가는 문장의 이 희미한 슬픔을 이 희미한 망각을 당신은 온전히 느낄 수 있습니까. 착하고 고운 빛을 곁에 두고서 멀리에 있는 물을 바라보았던 어리석음 덕분으로. 한여름에도 작고 어린 짐승은 추위를 느끼며 울고 있다. 밤이면 회백색의 먼지가 되어 엄마 엄마 울면서 방 한구석을 굴러다니고 있다.

음각의 빛으로부터 어른거리는

고통을 잊는 법을 알지 못해 너는 네 마음의 그늘로부터 달아났다. 가늠할 수 없는 속도가 네 자신을 잊게 만들었으므로. 너는 언제나처럼 달리는 차 뒷좌석에 앉아 있다고 생각한다. 너는 네 삶이 어떻게 끝날지 오래전에 이미 다 보았고. 그것은 신의 주사위 놀이를 벗어난 무한한 어떤 것. 주어진 환경으로부터 걸어 나와 처해진 조건과는 무관하게. 분별없는 마음으로 삶의 한가운데 서 있기로 한 순간부터. 너와 나라는 출구 없는 심연을 마음대로 오가게 되었으므로. 깨달음은 단 한 번 깨우친 그것으로 완성된다는. 이전에는 이해하지 못했던 그 문장을 이제는 이해하게 되었는데. 깨달음에 대한 이해라기보다 더는 깨달음에 대한 어떤 단언도 받아들이지 않기로 했으므로. 어른거리고 어른거리는 빛. 당신은 그 모든 벽면에 어리고 어리는 그림자의 빛을 좇고 있다. 좁고 긴 골목의 담벼락. 어둡고 높은 회랑의 돌바닥. 너와 시간과 공간이 오롯이 서로를 마주하는 곳. 어떤 삶이든 간헐적으로는 아름다울 수 있습니다. 경배자의 옷을 입은 채 그 모든 변명을 멈추기로 한 순간부터. 너는 그림자 속에 감추어둔 손가락으로 무엇도 새길 수 없는 어둠의 벽에 어떤 문장을 적어 내려간다. 한 사람의 영혼은 얼마나 넓게 어리는 것이기에 한 사람이 죽고나자 한 사람의 사물도 모두 죽어버렸습니다. 담벼락의 그림자는 차갑고도 따뜻한 빛을 숨긴 채 예언의 형상으로 드러나고 있다. 찬란하고도 보잘것없는 빛이다. 사소하고도 거룩한 물결이다. 어제는 거울에 비친 누군가를 보았고 이제 더는 내 자신을 내 자신으로 바라볼 수 없게 되었다. 스스로의 병이 깊은 것을 알지 못해 오래도록 다른 누군가를 탓해왔다는 사실을 알아차린 이후로. 다시 태어나기에는 먹어버린 물고기와 삼켜버린 풀잎과 지나쳐버린 얼굴이 너무나도 많습니다. 속도가 필요한 모든 순간들이면 그러했듯이. 너는 여전히 마음으로부터 달려 나가고 있다. 달려 나가는 속도 그대로 목소리 없는 목소리로 중얼거리고 있다. 너는 네 자신을 네 자신이 아닌 다른 누구인 것처럼 느끼며 자꾸만 자꾸만 어떤 말을 내뱉고 있다. 그러니까 나는 엄마가 죽어가는 것을 보았구나. 그러니까 나는 엄마가 세상으로부터 천천히 사라져가는 것을 보았구나. 그 고통이 끝나기를. 그 고통을 바라보는 내 고통이 끝나기를 바라면서. 그것이 어서어서 죽기를 바랐구나. 그것이 어서어서 끝나기를 기다렸구나. 그리하여 너는 오늘 또다시 그 모든 어둠의 벽으로부터 어떤 얼굴 하나를 목격한다. 드러내지 않은 마음을 드러내려는 양각의 빛으로부터. 드러낼 수 없는 마지막 말을 드러내려는 음각의 기운으로써. 결국 저마다의 병이 저마다의 삶을 살려내고 있다. 저마다의 악몽이 저마다의 백일몽을 물들이고 있다. 어둠이 불러다 먹인 입을 바라본다.

열매도 아닌 슬픔도 아닌

여름은 무덥고 열매는 둥글다

작고 둥근 열매의

눈 코 입을 사물의 표면 위로 가져온다

사물의 질감은 사물의 주인의 것으로

속했던 자리가 사라진 만큼 사물의 색채도 희미해진다

시간 속에서 시간과 함께

시간을 누리는 사람들 속에서

언제부턴가 모든 사람의 얼굴에

이제는 볼 수 없는 사람의 얼굴이 덧씌워져 있어서

너는 걷잡을 수 없이 자라나는 녹색 줄기가 무섭고
너 자신이 너 자신인 것은 더욱 무섭고

너의 병은 짙어져가고 그것은 병에 담겨 있다

그것에서는 박하 향이 나고
그러나 그것은 박하가 아니고
한글로 다만 페퍼민트라고 적혀 있다

박하는 낱말에 앞서 향으로 먼저 자신을 드러내고
너는 낱말에 속았고 낱말은 오래된 믿음에 흔들렸고
출렁거리면서 너는 열어볼 수 없다는 듯이 잠겨 있다

열릴 수 없는 것이
물과 바람과 흙과 함께 열매로 맺히듯이

당신은 나를 낳았고
당신에 대해 아는 것이 없다는 뒤늦은 깨달음이
사라진 자리 자리마다 가득히 찾아왔으므로
나는 엎드려서 쓰고 또 썼다

하늘과 땅 사이에서
열매는 수직으로 움직인다고
바닥으로 떨어져서야 자유를 누리는 것이 있다고
한 걸음 뒤의 일조차도 모르면서 살아가고 있다고
용서를 구하는 마음으로 열매의 향과 색을 누리면서

반복되는 밤마다 매번 다른 문을 열고 들어서는데도
나는 다시 또 당신의 무릎 앞에 도착해 있었다

한여름에 땀 흘리는 물컵
하얗게 질려서 땀 흘리는 물컵
울리는 흘리는 하얗게 질려서
한여름에 물컵 하얗게 울리는
흘리는 물컵 하얗게 한여름에
물컵 흘리는 한여름에 울리는
울리는 하얗게 땀 흘리는 물컵
질려서 울리는 물컵 땀 흘리는
물컵 한여름에 울리는 흘리는
흘리는 한여름에 물컵 울리는

바라보는 물컵마다 하얗게 울리고 있어서
문장은 이상한 동시에 오랜 슬픔을 상기시켰고

무한히 뻗어나가는 줄기에서 떨어져 나와
계절을 다한 열매 하나가 내 손에 쥐어져 있다

그것은 엄마가 제일 좋아했던 여름 과일

엄마는 내 손안에 작은 열매로 쥐어져 있다

열매로 완성된 것은 좀처럼 울지 않고
너는 열어보지 못했던 마음을 두드리고 있다

여린 내부는 알 수 없는 물질로 가득 차 있어
껍질의 안쪽은 점점 더 가볍게 부풀어 오른다

물질이 본성 그대로의 포물선을 그리듯

열매는 다시 온전히 저 혼자 하늘로 올라간다

열매의 구체성과는 무관하게
오래 맺어왔던 이름과도 무관하게

그러니 나도 가고 있다
뒤늦게 누리면서 사랑을 울면서

여름 열매가 향하는 곳을 따라
하얗게 울리는 흘리는 또 하나의 열매로서

어린 구름에 얼굴을 묻고

어린 구름에 얼굴을 묻고 지나가는 장면에 대해 쓰고 있다. 울었던가 웃었던가. 그 장면 속에서 사람은 살아가고 있었던가 사라지고 있었던가. 하얀 눈밭에 내려앉은 겨울새의 몇 갈래 갈라진 발자국 같은 것. 머나먼 들판에서 움터오는 청보리 잎의 흔들림 같은 것. 그것이 나를 끌어당긴다. 그것이 나를 되돌려 세운다. 물과 풀이 뒤섞이며 떠오를 때 그 장면 속의 사람은 어디로 갔는지 쓰고 있다.

당신도 실은 지금 이 자리에 존재하지 않는군요.

어두운 마음을 숨기기 위해 서로가 서로의 가슴에 얼굴을 묻고 있다. 뭉게뭉게 묻고 있어서 자꾸자꾸 피어오르고 있다. 저 하늘에서 이 하늘까지. 이 바닥에서 저 바닥까지.

　좋은 사람을 보고 싶습니다.
　좋은 풍경을 바라보듯이 하염없이 바라보고 싶습
니다.

　그리고
　다시 뭉게뭉게.

　그리고
　다시 막간.

　옳고 좋고 웃는 얼굴을 보고 싶어서 종이 위에 내려
앉은 한 장면을 바라보고 있다. 죽은 것이 그리워 묻힌
자리를 파내려 하듯이. 간절히 간절히. 이 사진에는 긁
히고 얽힌 시간의 자리가 무수히 남겨져 있군요. 이제는
없는 몸이 돌이킬 수 없는 표면이 되어 생생하게 흘러
넘치고 있군요.

　말하는 사이.

다시 머리 위로 한 뼘의 어린 구름이 옮겨와 있다. 한 뼘 울고 한 뼘 멀어지면서 다시 다가오고 있다. 어린 구름이 머리 위에 머물러 있었으므로 순간순간 바람결에 날리면서 더욱 어린 구름으로 흩어질 수 있습니다.

사람을 떠나와서 사람 아닌 사람을 바라보고 있다. 사람이 떠나가서 사람 아닌 사람을 만들고 있다. 깊은 잠에서 깨어나면 사물은 움직이지 않는 그대로 몇 발짝 움직이고 있다. 볼 수 없는 것을 바라보고 있는 두 눈이 저 멀리 하늘가에 어린 구름 얼굴을 그리고 있다.

나는 당신 같은 구름이 될 수 없습니다.

당신이 당신인 채로 죽었듯이.
나는 나라는 구름으로 살아갈 뿐이어서.

어린 구름 이전에는 더욱더 어린 구름이 있다. 더욱더 어린 구름은 더욱더 어린 구름 이불을 덮고 있다. 더욱더 어린 구름 이불 이전에는 더욱더 어린 구름의 구슬픈 장면들이 있다. 작은 주머니 가득 빵 조각을 숨긴

소년의 얼굴 같은. 좁은 골목을 건너는 절름발이 개의
뒷모습 같은.

　돌아갈 곳을 잃어버렸으므로
　이제 당신은 어디든 갈 수 있습니다.

　끊어진 길을 따라가듯이 끊어진 문장을 쓰고 있다.
세상을 내려다보는 신의 마음으로 내일의 신발을 신고
내일로 걸어간다. 다시 또 한 뼘 흘러간 어린 구름을 올
려다보면서. 미래의 바닥을 딛고 일어서면서. 맑은 얼굴
이 되어 차가운 바닥에 누워 있다. 들려오지 않는 말들
에 기대어 쓰고 있다.

너는 멈춘다

너는 멈춘다. 횡단보도 앞에서. 철 지난 시계탑 앞에서. 사라져가는 계절의 마음 앞에서. 너는 멈춘다. 수정할 수도 있었던 틀린 맞춤법과 건너뛸 수도 있었던 띄어쓰기와 다시 되돌아오는 한숨 앞에서. 너는 멈춘다. 지나간 복도는 침울하고. 그것은 돌이킬 수 없는 어둠을 가리키고 있고. 선택지 없는 방향성만을 제시하고 있고. 계절은 바뀐다. 계절이 바뀌듯 지나간 마음도 바뀐다.

지나간 마음을 바꾸면 조금은 더 살아갈 수 있습니다.

너는 멈춘다. 지나간 사건의 해석 앞에서. 쓸모를 찾아가는 사물들 곁에서. 탁자는 비어 있다. 오래전에 들었던 가슴 아픈 이야기 하나가 떠오른다. 쓸모없음을 상기시키는 어두운 도형 하나가 문득 제 윤곽을 바꾼다.

너는 다시 멈추어 선다. 그러니까 어제 너는 불 꺼진 병실 침대에 누워 죽음을 생각하고 있었는데. 오늘 이 아침에 너는 빛이 쏟아져 내리는 횡단보도 앞에 멈추어 서 있다.

너를 멈추어 서게 하는 힘.
너를 멈추는 것으로 다시 살아가게 하는 힘.

너무 많은 빛이 네 눈동자 속으로 쏟아져 들어온다. 너는 마른세수를 하듯 두 손 가득 빛 그물을 떠서 얼굴을 문지른다. 오래전 두고 온 빛 그늘이 사방으로 번지고 있다. 열리지 않는 창문 너머로 새로운 빛이 내려앉는다고 생각할 때. 바라보지 않으면서 바라보는 눈을 가진 사람들이 거리거리마다 걸어가고. 삭제되지 않는 방식으로 삭제되는 어제의 문장들. 한 줄 두 줄 써 내려간 문장들 위로 붉은 줄이 그어질 때. 등지고 누웠던 너의 뒤편으로 어제의 신음 소리 다시 들려오고. 이제 너는 비로소 너의 몸을 벗어나게 되었으므로. 처음으로 너는 한 발 제대로 멈추어 선다. 비로소 너는 사람으로 흘러가기 시작한다.

조그만 미소 속에서 조그만 길을 가는

조그만 미소가 발생한다. 조그만 미소는 조그맣게 발생한다. 입가에서 혹은 눈가에서. 방향을 가늠할 수 있을 뿐인 바람처럼. 너는 오늘 다시 태어난 사람처럼 창의 안쪽에 앉아 있다. 창의 안쪽에서 창의 바깥으로 비치는 것들은 바라보고 있다. 얇고 투명한 표면을 사이에 두고서. 구름 같은 것이 흘러간다. 구름으로부터 벗어나려는 구름 같은 것도 흘러간다. 하늘을 물결 삼아 떠다니는 옛날의 물고기들. 먼지라 불러도 좋을 이름 붙일 수 없는 사물들. 진실의 마음인 것처럼 투사되고 있는 어두운 바닥의 빛 그물 무늬 같은 것들. 어른거리고 어른거리는 그림자 구멍 너머. 오늘의 창을 투과하는 어제의 사람이 있다. 창을 사이에 두고 넘나드는 하나인 채로 여럿인 사람이 있다. 너는 새로 들어선 건물을 올려다본다. 길이 새로이 나고 있다.

보고 싶은 그것이 보이고 있습니까.

보이고 싶은 그것을 보고 있습니다.

자라나고 있는 것 속에서 날아가고 있는 것이 있다. 날아가고 있는 것 속에서 달아나고 있는 것이 있다. 조그만 미소 속에서 조그만 길을 가고 있는 사람이 있다. 너는 조그만 미소를 조그만 그림자 속에 감추어둔다. 조그만 그림자는 조그만 미소를 뒤덮는 것으로 한 발 멀어져간 하루를 증거한다.

보이지 않아도 자라나고 있습니다.

사라나면서 벌어지고 있습니다.

너와 나는 조금씩 없어지는 것들이다. 죽음 이후에야 더욱더 분명해질 숨결이다. 여름 과일의 색깔을 대신하여 가을 곤충의 울음소리가 들려온다. 철 지난 과일을 먹으며 지어 보이던 언젠가의 미소를 떠올린다. 너무나도 소박해서 가슴 시린 한나절의 빛 부드럽게 흩날리던 머리카락 움직임으로 느리고 무거운 발걸음 드리워진 이파리 휘파람 너머 결혼하지 않은 낱말의 슬픔 스민 눈동자 어쩔 수 없다는 말의 아득함과 생존율을 높이기 위한 매일의 단련과 아스라한 살구 비누 향 풍기는 환각 유니콘 감정의 입김 휘날림 드높은 꿈속 말 없음의 무채색 감각으로.

　　낯설고 낯익은 얼굴이 신작로를 내달리고 있다. 사라진 자리를 대신하는 낱말을 고안하는 사이. 고안해낸 낱말을 대신할 또 다른 낱말을 궁리하는 사이. 또 다른 낱말에 묻힐 또 다른 낱말의 자리를 골몰하는 사이. 창밖으로 한 사람이 울면서 지나간다. 나뭇잎과 나뭇잎으로 흔들리면서. 외톨이 관목이라고 불러도 좋을 휘어지는 가지 끝 사람들로서. 사라지고 사라지는 골목 사이에서 작고 희미한 얼룩이 경계를 넓혀가고 있다.

　　너는 다만 겨우 이미 벌써 머무르면서 나아간다. 하나의 시간과 공간을 기억의 연쇄로 펼쳐내고 있다. 너의 내면은 보다 더 많은 시간과 공간을 품고 있다. 입가에서 혹은 눈가에서. 조그만 미소가 조그만 시선으로 번지고 있다. 오늘의 낱말은 어제의 낱말을 감당할 수 없어서 내뱉은 말로부터 조금씩 멀어져가고 있다. 조그만 환영으로서 조그만 길을 내내 걸어가면서. 앞지른 낱말을 엎지르듯 다시 써 내려가면서. 조그만 미소와 함께 우리는 모두 죽을 것이다. 죽기 직전에야 희미하게 빛나는 말의 흔적으로 드러나면서. 다시 태어나는 문장으로 물구나무서기 하는 몸이 있다.

너와 같은 그런 장소

잃어버린 것을 되찾는 꿈을 꾸고 있었다. 그럴 때 꿈은 흑백이 아닌 천연색으로 펼쳐졌고. 꿈 밖으로 나와서도 울지 않을 수 있었다. 꿈속에서 우리는 옛날의 강가를 걷고 있었는데. 너는 그것이 꿈속의 꿈이라는 것을 분명히 자각하고 있었고. 그것은 굳어버린 사고의 습속을 반성하기에 좋았고. 나날의 스승으로 삼기에 좋은 걸음을 간직하고 있었다. 지난날 건넜던 다리의 이름은 잊은 지 오래였으므로. 너는 북극의 오로라나 열대의 사막 혹은 가닿을 수 없는 세계의 끝에 도착하듯이. 오래 품어온 열망의 순서대로 다리의 이름을 새롭게 지어내 불렀다.

자유의 다리를 건너면 사랑의 다리가 이어졌고
사랑의 다리를 건너면 헤어지는 연인이 있었고

헤어지는 연인 다음에는 다시 시작하는 연인이

계절을 거스르지 못하는 잎사귀들은
오래된 다리 위를 떠돌면서 과거로부터 멀어질 줄을
몰랐고
바람에 밀려 떠오르다 내려앉기를 반복하는
새들은……

강가는……
강가의 물살은……
물살의 유속은……
유속이 그려내는 물결은……
물결이 데려가는 너에 대한 기억은……
이제는 없는 사람이 스며 있는 장소는……

*

우리가 함께 건넜던 다리가 철거되었다는 것을 알게
된 것은 다리가 철거되고서도 한참 뒤의 일이었다. 어
느 늦은 밤. 잠에서 깨어나 우연히 보게 된 흑백의 다큐

멘터리 속에서. 한 남자는 며칠 뒤면 철거될 낡은 다리 위에서 밤의 흐름과는 또 다른 낮의 물살을 내려다보고 있었다. 남자는 알려지지 않은 작가였고. 알려진 적이 없는 그대로 잊히고 있었고. 산책과 배회와 소요와 유랑 사이에서. 회피와 방치와 외면을 일삼으며 은둔의 삶을 살고 있었고. 그 자신이 써 내려갔던 주제 중의 하나인 완전한 무無에 대해서. 그 완전한 없음 속의 흐릿한 있음에 대해서. 자신의 글쓰기가 끝장이 난 후에야. 그제야 온전히. 몸과 마음으로 긍정하게 되었다고 말했고. 그렇게 이인칭의 목소리에서 일인칭의 목소리로 돌아오게 된 그 순간부터 자신의 글쓰기는 비로소 시작되고 있는 것인지도 모른다고 말했고. 말을 이어가는 중에도 그의 눈길은 하염없이 흐르는 물길을 좇고 있어서. 그의 목소리는 출렁이는 물결 속으로 잦아들고 있었고. 이제는 없어질 다리 위에서. 그 낡고 오래된 다리의 사라짐이 제 삶의 한 은유라도 된다는 듯이. 오른쪽에서 왼쪽으로. 왼쪽에서 오른쪽으로. 위에서 아래로. 아래에서 위로. 물살을 거슬러 가듯이. 거슬러 간 물살을 되돌려놓듯이. 천천히 오래오래. 날이 어두워지고서도. 다시 밝고서도. 다리를 떠날 줄을 몰랐고. 더는 머무를 수 없는 순간에 이르러서야 남자는 자신의 방으로 돌아왔고. 다시 밝아오는 아침의 빛 속에서. 창문 너머로 새소리 들려오고. 남자는 어스름한 빛이 스며드는 벽지 위에서 이전에는 본 적 없는 얼룩 하나를 발견한다. 얼룩은 바라볼수록 점점 더 도드라지듯 선명해지고 있었고…… 그것은 누군가 작은 십자가 하나를 오래도록 걸어둔 흔적처럼 보였고…… 가로세로로 겹친 빛의 흔적은 누군가의 간절한 기도와도 같았고…… 어쩌면 남자는 다리 위에서 오래오래 바라보았던 그 물결의 잔상을 온전히 제 눈동자 위로 옮겨 왔는지도 몰랐고…… 그렇게 늘 바라보던 방식이 아닌 곁눈 혹은 옆눈으로 비켜나 보는 것만으로도 세계는 보이지 않던 어떤 형상을 드러내 보였고……. 보지 않으면서 보거나…… 보면서도 보지 않을 때…… 그때…… 이미 열려 있던 문은 또 나른 낯선 세계로 들어서는 검은 입구가 되어 다시 열리기 시작했으므로…… 너는 보이지 않는 채로 오래도록 네 곁에 머물러 있는 누군가를 다시 떠올린다.

꿈속에서 너는 가볍게 유영하는 날개와도 같은 시를 쓰고 싶었는데. 너의 내면에 가장 가깝게 달라붙어 있는 무엇. 이미지와 문장 사이에 종잇장 하나 정도의 틈조차 허용하지 않는. 쓰려는 것이 이미 쓰인 무엇으로 백지 위에 앞질러 도착해 있는. 그러나 저물녘 강물의 표면 가까이로 헤엄쳐 오르는 물고기의 검은 몸짓 하나도 네 손끝으로 포착할 수 없었고. 형체 없는 형체로 단단히 살아가는 것들을 너는 매번 비껴오고 지나쳐왔다는 모종의 쓸쓸함과 함께. 그것은 언젠가 어디론가 걸어가던 길에 얼핏 지나쳐 보았던 늙은 길 고양이의 어둑한 자리를 떠올리게 했고. 고양이는 그날 처음 본 낯선 고양이가 아니라 실은 오래도록 네가 밥을 챙겨주며 아껴왔던 바로 그 고양이였다는 것을. 고양이는 자리에 멈춰 쉬고 있었던 것이 아니라 오래도록 고요히 죽어 있었다는 것을. 지나쳐 걸으며 점점 더 고양이로부터 멀어지는 동안. 그 얼굴을 명확히 보지 않고서도 분명히 알 수 있었던 그 어떤 죽음을. 이전에도 너는 네가 알지 못하는 채로 이미 알고 있는 죽음이라는 사건을 몇 번이고 몇 번이나 목격해왔다는 서늘한 깨달음과 함께……

*

다시 또다시 반복되는 꿈속에서
조망하는 눈이 되어 백지를 내려다보고 있을 때

그것은 다리에서 다리로 건너뛰고 있었고
다리는 시간에서 시간으로 건너뛰고 있었고

그렇게 다시

그것은 오늘 죽지 않고
길게 기지개를 켜고 있고

다른 풀숲을 헤치고 나온 작고 어린 고양이는
물의 표면을 가로지르는 물고기의 검은 지느러미로
오늘 다시 보도블록을 누비며 헤엄치듯 살아가고 있다

*

검은

윤곽

마지막

들숨

구름

가득한

침묵

가까이

*

없어진 다리 위에서는 다시 만날 수 없었으므로
너 없는 장소에서 너 아닌 것에 대해 쓰고 있다

덧없이 눈을 뜨고 하염없이 눈을 감은 뒤에야
자신 속의 자신을 얼마간 죽인 뒤에야

보이지 않는 눈빛과 보이지 않는 강물 사이에서
숨겼던 표정과 숨겼을 울음 속에서

걸음은 절로 사람들을 이끌어 간다
잔상으로 남아 있다고 말하는 바로 그곳으로

다른 누군가의 걸음이 멈춰 서 있는 바로 그 곁으로

우리가 잃어가게 될 그 모든 순간들
사과라고 쓰면 사과가 나타난다

나는 지금
내가 썼던 문장들이 물질화되고 있는 것을 보고 있다

사과라고 쓰면 사과가 나타나고
나무라고 쓰면 나무가 나타나고
허기라고 쓰면 허기가 나타나고
엄마라고 쓰면 엄마가

언젠가 썼던 문장이
언젠가 언제고 실현된다면

당신은 이제 무엇을 쓸 수 있습니까
당신은 이제 무엇을 써야만 하겠습니까

이를테면

사람보다도 오래 산 늙은 나무의 목소리 받아 적기
　한적한 밤의 해변에서 홀로 수영하는 사람의 호흡 같
은 것

매 순간 떨어지거나 쓰러지려는 슬픈 충동들에 대해서
매 순간 일어서거나 누워보려는 아픈 충돌들에 대해서

울면서 웃는 다짐들에 대해서
웃으면서 우는 체념들에 대해서

그리고

엄마를 잃은
작고 어여쁜 아기 사슴
어두운 밤의 밤비에 대해서

사심 없이 사랑 없이 빛나는 얼굴로 사라지면서

너는 어떤 그림을 그리고 있다고 했다
너무나 원대해서 누구에게도 보이지 않는다고 했다

사람의 영혼은 얼마나 넓게 어리는 것이기에
남겨진 사물들의 표정도 당신과 함께 죽어버렸습니다

한 칸 두 칸 계단이 사라지는 것이 무서워
한 줄 두 줄 써 내려갔던 문장들을 지운다

뒤늦게 도착하는 계시의 문장을 들여다보듯

지워나간 문장들 위로
다시
총명한 검은 동공이라고 쓴다

울지 않으면서 울고 있는

밤의 어린 밤비의
씩씩하고 맑은 눈동자

청량함이 필요해서 써 내려간 청귤 나무 곁에
한 줄 건너뛰어 월요일의 월귤 나무라고 쓴다

그러지 못하는 것은
그럴 수 없어서가 아닙니다

그리지 못하는 것은
그릴 수가 없어서입니다

그리고 그려도
나타나지 않는 얼굴 너머로

흩어지는 구름의 몸짓
오래된 돌멩이의 표면

밤비의 다갈색 얼룩무늬 위로
밤과 비의 얼룩무늬 표정들이 떠오른다

한눈에 볼 수 있는 장면과 장면의 총합을 건너뛸 때

당신은 조금 더 현명해지고
조금 더 현명해진 덕분에 어리석었던 날들을 짊어진다

지난날의 과오를 적어 내려가는 밤

밤비의 눈동자는 그리움으로 가득 차 있습니다
당신의 눈동자는 아름다움으로 흘러넘치고 있습니다

당신의 곁에는
당신과 함께 울어줄 수 있고
당신과 함께 머물 수 있는 무엇이 있습니까

이를테면

부드러운 청회색 털을 가진 그림 토끼나
검정 하양 천진한 얼굴을 가진 아기 판다 같은

말 없는 말이 되어 그림자처럼 놓여 있는 숟가락이나
걸어 다닌 그 모든 길을 보여주는 낡고 순한 운동화
같은

그릴 수 없는 문장들 대신에
그립고 슬픈 밤의 밤비를 만나러 가는 밤

보이지 않아도 괜찮습니다
맑은 눈동자와 씩씩한 마음만 있다면

아주 작은 얼룩에 담겨 있는 아주 거대한 세계
길게 실눈을 뜨고 바라보면 더욱더 잘 보이는 세계

그러니 완전히 영원히 눈을 감진 말아주세요

사과라고 그린 후에는 너머의 나무가
나무라고 그린 후에는 이후의 언덕이
언덕이라고 그린 후에는
어느 날의 엄마가

손 흔들었습니다 손 흔들었습니다

보이지 않기에 다시 고쳐 그립니다
누구에게도 보이지 않는 그립고 슬픈

마중인지 배웅인지 모르는 얼굴로
빛나는 얼굴로 사라지면서

엄마를 잃은 밤의 밤비는
오늘도 모험을 떠나는 드넓은 왕자입니다

슬픔 없이도 꽃을 바라보던 날들을 지나
지워지지 않는 얼굴을 간직한 마음의 국경으로

무한함을 품은 유한한 언어를 발견해내면서
관념의 등 뒤로 숨은 구체적인 이파리들을 떠올리면서

사과 나무 언덕 엄마

사과 나무 언덕 엄마

한 걸음에 하나씩 그리운 낱말들을 발음하면서
텅 비어 있는 거리를 없는 공기를 밀며 나아간다

우리가 잃어가게 될 그 모든 순간들
이제 너는 검은색으로 보인다

너는 언제나 검은색 옷을 입고 있다.

검은색으로 걷고
검은색으로 먹고 검은색으로 잠든다.

검은색은 죽음과 무관하다. 검은색은 얼룩과 무관하다. 검은색은 어둠과 무관하다. 검은색은 저녁과 무관하다. 검은색은 관념적인 언어와도 무관하다.

너의 검은 동공 속에서
검은 공동을 발견하기 전까지는

더 이상 같은 말로
같은 사건을 말할 수 없음을 알게 되기 전까지는

삶이라고 쓰면 삶이 다가온다.

시간과 공간이 다시 끼어들고
이곳과 저곳의 기억이 뒤섞이고
스쳐온 인상들이 썰물처럼 밀려온다.

등장인물은 언제나처럼 너와 닮은 얼굴을 하고 있다.
잘못된 무대 위에서 잘못된 대사를 내뱉는 목소리가
들려온다.

너는 언제나 얼마간의 간격을 의식하고 있다. 너와
너 사이의 간격. 너와 세계 사이의 간격. 세계와 세계 사
이의 간격. 그 모든 것을 말하는 언어와 언어 사이의 간
격. 간격은 죽음이고 간격은 얼룩이고 간격은 억양이
고 간격은 저녁이다. 간격은 관념어를 쓰는 것으로부
터도 얼마간 비껴나 있다.

틈을 열어나가는 꿈을 꾸었습니다.

좁혀질 수 있기 때문에 틈이라고 부를 수 있습니다.

꿈속에서 너는
끊이지 않는 검은 길을 따라가고 있었다.

한 번도 가보지 못한 언젠가 네가 있었던 곳.

삶이라고 쓰면 삶은 물러난다.

봉인된 말들이 고요히 말라가는 햇빛 속
아무도 찾아오지 않는 돌담의 쓸쓸함으로

이제 너는 검은색으로 보인다. 밤의 현상 속으로 걸어 들어가는 누군가의 뒷모습이 되어. 검은 장막을 배경으로 봄의 흰 꽃이 흩날리고 있다. 날아오르듯 눈부시게 죽어가는 내일의 잎사귀들 사이로. 이제 너는 겨우 더듬을 수 있는 가장자리가 되어가고 있다. 이제야 겨우 만질 수 있는 시간의 틈새가 열리고 있다.

우리가 잃어가게 될 그 모든 순간들
4′33″

가장 경멸하는 것을 가장 사랑한다고 했다. 견딜 수 없었던 순간을 지속적으로 되뇌고 있다고 했다. 머물지 못했던 장소를 경배한다고 했다. 생활이 부족한 단어 사이에서 영혼이 점점 희박해져가고 있다고 했다. 일평생 함께 살아온 사람이 누구인지 끝내 알지 못했다는 사실이 슬펐다고 했다. 쓸 수 있는 말과 쓸 수 없는 말의 구분이 중요하지 않게 되었다고 했다. 너라는 사람을 특성 없는 사람으로 간주했던 누군가를 내내 잊을 수 없다고 했다. 오래도록 내면의 선을 긋지 못했던 자신의 나약함이 쓸쓸했다고 했다.

급박하게 굽이치듯 다가오는 비탄의 전조음처럼

급작스럽게 단조에서 장조로 변주되는 선율처럼

알지 못하는 먼 나라의 풍습처럼 펼치는 페이지마다 읽을 수 없는 고대 문자가 적혀 있었다고 했다. 영면이라는 말을 대신할 단어를 오래도록 찾고 있다고 했다.

부르고 싶어도 떠오르지 않는 이름 속에서

그리고 싶어도 그려지지 않는 선분 위에서

의도보다 앞서 계절이 도착해 흔들리고 있다고 했다. 입 밖으로 내뱉지 못한 말들을 반복해서 적어 내려가고 있다고 했다. 눈을 감으면 울고 있는 잿빛 얼룩이 어른거리고 있다고 했다.

먹이를 찾아 낮게 내려앉는 이른 아침의 작은 새

긴 목과 긴 다리를 낮추어 물을 먹는 밤의 기린들

음악이 없어 소리를 내어 노래 불렀다고 했다. 나란히 잡은 손에 의지해 밤의 도로를 걸었다고 했다. 이름 모를 열매를 따 먹는 순간 잊었던 기억이 떠올랐다고 했다. 변모하는 구름의 형상이 오래전 기쁨을 불러들였다고 했다.

그런데 그것은 당신 자신만의 언어가 아닌데
어떻게 그 모든 표면을 당신의 언어처럼 뒤집어 쓸
수 있단 말입니까.

먼지에 뒤덮인 채로 오래오래 남겨져 있었다고 했다.
말라가는 나뭇가지가 배웅하는 손짓으로 흔들리고 있
었다고 했다. 흐려진 그림자 너머로 떠나보낸 사람들의
얼굴이 겹쳐지고 있다고 했다.

얼마간의 침묵이…… 얼마간의 침묵이…… 얼마간
의 침묵이…… 얼마간의 침묵이…… 얼마간의 침묵이
그 모든 말들을 뒤덮었다고 했다.

＊ 4′33″: 존 케이지가 1952년에 작곡한 피아노를 위한 작품이다. 3악장
으로 구성된 곡으로 존 케이지는 4분 33초라고 지정해놓은 시간 동안
어떤 악기도 연주하지 말 것을 지시했다.

우리가 잃어가게 될 그 모든 순간들
숨기에도 숨기기에도 좋았다

달빛 아래에서 헤엄치고 있었다. 숨기에도 숨기기에도 좋았다. 문장들이 밤의 물결 위를 떠다녔으므로 뒤늦은 말을 받아 적기에도 좋았다. 구름이 맴도는 언저리. 바람이 가리키는 모서리. 나는 피어나는 꽃이 아니라 말라가는 나뭇가지예요. 열린 꽃 안을 들여다보면 오래전 질문들이 자라나고 있었다.

기쁨으로 빛날 때까지

기쁨으로 빛날 때까지

오랜 시간이 지난 뒤에야 너는 네가 시작된 곳으로 다시 돌아가야 한다는 것을 알았다. 헛것을 보았던 두 눈이 문득 밝아오자 묻어두었던 바닥의 깊이가 보이기

시작했고. 죽으면 우리 나란히 같이 묻히자꾸나. 고아로
자라난 네가 누군가를 사랑하는 손길이 다시 오지 않을
시절처럼 눈물겨웠다.

　밟고 가는 바닥처럼 아플 때까지

　밟고 가는 바닥처럼 아플 때까지

　너는 유리병 두 개를 건네고 나무 조각 하나를 받아
왔다. 빛을 삼킨 달이라고 생각하고 받아 온 그것은 누
구도 기억하지 못하는 네 자신의 얼굴이었고. 그리하여
이제 너는 가까스로 진실되어 보인다. 그러므로 이제 너
는 가까스로 너 자신처럼 보인다. 비유적으로 말하지 않
는 것은 사물과 사물 사이의 적당한 거리를 알지 못하
기 때문입니다.

　보이지 않는 보이는

　보이는 보이지 않는

닿을 수 없는 시간 속에서 흐릿해지는 사람. 음지와 양지를 오가며 꿈속 꿈을 흉내 내는 사람. 한낮의 거리에서 스쳐 간 사람은 기어이 말할 수 없는 사람이다. 끝내 말할 수 없는 사람이어서 결국 지나친 사람이다.

하나하나의 꽃말은 어디에서부터 시작된 약속인가요. 작은 말들이 큰 마음을 품고 있어서.

묻지 않음 굳지 않음

울지 않음 살지 않음

달빛 아래에서 빛나고 있었다. 물결과 함께 어두워지고 있었다. 해가 지는 방향을 알지 못했으므로 숨기에도 숨기기에도 좋았다. 이제야 서로를 이해할 수 있어서 비로소 서로를 떠날 수 있게 되었다. 하나둘 떨어져 내리며 꽃잎이 흔적을 남기고 있었다. 너는 나무 조각 위에 새겨진 문장을 낮은 소리로 읽어 내려갔다.

우리가 잃어가게 될 그 모든 순간들
하나의 손이 하나의 손을 잡을 때

사이좋은 낱말 같은 삶을 살고 싶었다. 그러나 너는 이미 늙을 대로 늙었고. 네가 생각하는 네 자신의 모습과 너무나도 멀어져 있음을 인정해야만 했고……

탁자 맞은편에는 한 사람이 앉아 있다. 마지막 혹은 또 다른 시작 사이에서. 너는 두 손을 턱에 괸 채 시간이 흐르고 있는 방향을 바라본다. 삶이라는 단어를 쓰기를 주저하는 동안 한 영혼이 한 영혼으로부터 빠져나가고 있었다. 진공상태에 놓여 있는 것처럼 너는 문득 너의 전 생애를 바라본다.

순간을 바라보는 눈.

순간을 바라보는 눈.

뒤늦게 알게 되는 사랑 때문에 울게 되듯이.
서로가 누구인지 끝내 알지 못하는 채로 죽게 되겠지.

체념을 배우며 하나의 삶이 늙어가고 있었다.

탁자 맞은편에서는 담배 하나가 타들어간다. 서로의 말 없음을 감싸주기라도 하듯이 희붐한 연기가 피어오르고 있다. 너는 이제 무언가가 끝났다고 생각한다. 시작으로부터 점점 멀어지고 있다고 생각한다. 마지막 말을 이제는 내뱉어야만 한다고…… 오래도록 하지 못했던 어떤 말을 이제는 건네야만 한다고……

그리하여 네가
파묻은 두 손으로부터 얼굴을 들어 올려 맞은편을 바라보았을 때……

그때……
타들어가는 담배를 쥐고 있던 맞은편의 손이 너의 손을 잡는다.

하나의 손이 하나의 손을 잡을 때. 하나의 온기가 차가운 손등 위를 뒤덮을 때. 너는 이제 막 하려던 너의 말이 너 자신으로부터 멀어지고 있다고 느낀다. 오래도록 익숙했던 너의 말이 너의 몸으로부터 멀어져갈 때…… 너는 네가 생각하는 네 자신의 모습과 어느 때보다도 가까워졌다고 생각한다……

그리하여……

남아 있는 손 하나가
남아 있는 손 하나 위로 다가간다.

빛나는 얼굴로 사라지기

상상할 수 있는 가까운 미래 속에서

아직 오지 않은 말들과 함께 살고 있다

매일매일 써 내려가는 일기장 위에서

생활에 밀착된 낱말들을 궁리하고 있다

한 줄 쓰고 나면 두 줄 건너뛴다

드러내지 않은 진심은 어떻게 드러날 수 있을까요

영원한 안식이라는 말이 오래오래 잊히지 않습니다

접시와 물컵과 양초와 식탁 사이에서

언젠가 읽으려고 사둔 몇 권의 책들과

언젠가 머무르려고 기억해둔 장소들 사이에서

무언가 대단한 어떤 것이 되기를 꿈꾸지 않으며

작고 안락한 공간에서 하루하루의 삶을 영위하면서

천연 효모를 발효해 만든 유기농 곡물 식빵과

목초를 먹여 키운 젖소의 우유로 만든 무염 버터

변함없이 낡아가는 사물들 곁에서

한결같이 늙어가는 얼굴을 덧입고

고요한 사물처럼 혼자서 고요히 살아갑니다

기대하지 않는 마음으로 굳건히 걸어갑니다

내일의 바닥은 내일의 바닥에게 맡겨두기로 합니다

정사각형의 식탁 위에는 정사각형의 풍경이 놓여 있다

잊고 있었던 아름다움을 일깨울 무한의 리듬이 필요
합니다

사각의 공간에 몸을 누이면 깊숙이 숨겨둔 목소리가
울려온다

빛나는 얼굴로 사라지기 빛나는 얼굴로 사라지기

허물어지지 않는 쪽으로 허물어지지 않는 쪽으로

다만 쓸쓸하게 다만 쓸쓸하게

나무 새의 마음으로

　어제의 이름을 잃어버린 이후로 새로운 눈을 덧입게 되었다. 새로운 눈은 새로운 마음으로 되살아나 새로운 아름다움을 데려왔다. 언제나 내 속에 간직하고 있던 빛. 일렁이며 펼쳐지던 네 눈동자의 빛. 너는 옛날의 빛에 기대어 나무 새를 만들고 있다고 했다. 묵주나 목탁 같은 법열의 상징과는 거리가 먼. 나는 슬픔을 상징으로 변환하는 법을 알지 못합니다. 나무와 대기와 추위와 언어는 부분적으로만 같은 자리에 놓이기 때문입니다. 죽음의 문을 건너는 순간 이승의 감각은 모두 사라진다고 믿기 때문입니다. 스러졌던 자리로 사라졌던 손길이 모여들고 있었다. 우리가 어제 마주 잡았던 손. 우리가 어제 굳게 껴안았던 어깨. 멀어진 거리만큼 멀어진 감정이 있었다. 멀어진 감정만큼 가깝게 헤아리게 된 몸짓이 있었다. 나무 새의 얼굴은 작고. 나무 새의 얼굴은 어둡고. 나무 새는 이름 붙일 수 없는 몇 개의 구멍을 간직하고 있었다. 구멍과 구멍 사이로 넘나들고 있는 것은 무엇입니까. 잊히고 잃어버린 표정은 누구의 슬픔을 향해 기울고 있습니까. 어둠이 어둠으로 눈멀고 있는 날들이다. 구멍이 구멍인 채로 구멍을 메워가고 있는 날들이다. 멈추어 있는 채로 걸어가고 있습니까. 멈추어 있는 채로 걸어가고 있습니다. 마침표의 자리에 물음표가 다가오고 있었다. 물음표의 자리에 느낌표가 내려앉고 있었다. 희미한 그림자 속에서도 온전한 형상을 품고 있는 미완의 사물들이 그러하듯. 나무 새는 다시 태어나는 것의 눈빛을 이미 간직하고 있다고 했다. 어제의 울음을 내미는 대신 오늘의 걸음을 내딛고 있다고 했다. 머나먼 별을 바라보며 두고 온 미래를 점치는 사람들처럼. 시간 저편으로부터 쏟아져 내리는 별빛을 두 손 가득 받아들고 있었다. 하루와 하루 사이. 나무와 나무 사이. 나무 새의 날갯짓이 이어지고 있었다. 날지 못하는 아름다움이 울지 못하는 그리움으로 흘러가고 있었다. 깎이고 깎여가는 나무 새의 형상 위로 바닥을 딛고 일어서는 오늘의 문장이 드러나고 있었다. 오래 쓰다듬어 고요해진 자리로 순한 빛 한 줄이 떠오르고 있었다.

잔디 공원의 공허 속을 걸어가는

어느 날 잔디 공원의 사람이 잠에서 깨어나 이제 막 말을 깨우친 사람처럼 말을 시작한다. 내뱉은 말의 첫소리는 잔디의 잔이었고 잔은 왜 그런지 비어 있었다. 공허만이 가득한 잔을 들여다보면서 잔디 공원 사람은 잔디 공원의 공허 속을 걷기 시작한다. 잔디의 오른쪽에서 잔디의 왼쪽으로. 떠오르고 떠오르는 옛날의 빛을 따라서. 비어가고 비어가는 옛날의 어둠을 다시 비워내면서. 잔디 공원의 공허는 잔디 공원을 이루는 모든 것의 바깥으로부터 안으로 몰려드는 무엇으로서. 이를테면 잔디와 나무와 개암나무 열매와 푸른 웃음 벌레와 녹색 영혼 이끼와 갈색 머리 동물과 이제는 없는 사람의 숨겨진 마음 같은 것이어서.

나눌 수 없는 말들은 오래전에 이미 봉인되었습니다.

비밀 없는 마음이 비밀을 얻을 때까지. 잔디 공원 사람은 걷고 걷는다. 걸으면 걸을수록 자신과 가깝게 느껴졌으므로. 걸으면 걸을수록 내뱉은 말의 자리가 분명해졌으므로. 헤아릴 수 없는 나무 사이의 간격을 헤아려보면서. 발아래 벌레들을 밟지 않도록 조심하면서. 멈추지 않고 걷고 걸었으므로. 지나가던 시선이 그 곁을 따라 걸으며 무심한 이웃이 되어주었고. 한 발 한 발 걸음을 내딛을 때마다 멀리 허물어져가는 담벼락의 작은 구멍 속으로. 말할 수 없는 말들을 말아 넣는 누군가가 떠오르기 시작하여서. 잔디의 앞쪽에서 잔디의 뒤쪽으로. 공원과 공원 아닌 것들의 모든 방향으로부터. 한 걸음 한 걸음 더욱더 다가온다.

오래된 병은 이제 다 나았나요.

묻는 사람 곁에서 잔디의 첫소리를 발음해보는 잔디 공원 사람의 목소리 들려오고. 결코 혼자일 수 없어요. 그래요. 결코 혼자일 순 없군요. 그저 멀리서 바라보는 마음은 울고 있는 그리움이어서. 잔디 공원 사람은 잔디 공원의 공허와 함께 걷고 또 걸어간다.

한낮의 그늘 찾기

너는 천변의 끝에서 끝을 반복해서 오가고 있다. 한여름의 천변은 눈멀었던 날을 비추고 있다. 천변과 낙원. 천변과 낙원. 너는 천변을 걸을 때마다 낙원을 생각한다고 했다. 출렁이는 물결 속에서. 과거와 현재와 미래가 뒤섞이며 뒤덮이고 있다는 기시감 속에서. 너는 눈부신 것을 기다리고 있었다. 나는 아픈 것을 가리고 있었다. 불연속적으로 이어지는 시간 속에서. 파편적으로 배열되고 있는 이미지 속에서. 물가로 나와 몸을 말리는 한 마리의 백조가 있고. 무성한 잡초가 있고. 버려진 유리 조각들이 있고. 끝내 가닿지 못한 기억의 그늘이 있고. 결국 다루지 못한 이야기가 있고. 말할 수 없어서 말하지 못한 슬픔이 있다.

갈증과 증발.

갈증과 증발.

　낱말은 발음하기에 좋은 낱말을 제 곁으로 불러들이고 있었다. 가리는 것을 더는 가리지 않게 될 때. 기다리는 것을 더는 기다리지 않게 될 때. 가리는 것은 기다리지 않은 것으로 문득 드러나게 될 것인가. 기다리는 것은 가리지 않는 것으로 문득 사라지게 될 것인가. 여기까지 썼을 때 너는 너를 위로해주러 오던 언젠가의 발소리를 듣는다. 조금씩 선명해지면서 네 곁으로 와 멈추어서는 소리 앞에서. 더는 옳고 그름을 가리는 일이 중요하지 않게 될 때. 더는 기다리는 것에 의지하지 않고 나아갈 수 있을 때. 그때. 너는 네가 기다려온 것의 중심으로 한 걸음 더 걸어 들어갈 수 있을 것인가.

　천변은 걸으면 걸을수록 한 번도 가닿지 못했던 낙원을 닮아가고 있었다. 너는 길고 깊은 잠에서 깨어난 듯한 감각 속에서 다시금 눈을 감는다. 뒤늦게 찾아오는 명료한 사실 하나를 깨달으면서.

　벽이라든가 막이라든가.

벼랑이라든가 불안이라든가.

피안이라든가 피난이라든가.

낱말과 낱말의 질감을 섬세히 구분하고 구별하던 사람을 떠올리면서. 더는 만날 수 없는 얼굴 하나가 사라져가는 우리를 옛날의 장소로 불러 모으고 있다. 언젠가의 우리는 한낮의 그늘 속에서 만난 적이 있었고. 오늘 다시 오래전 그늘 속에서 천천히 늙어가고 있었다.

늘그막의 그늘막.

늘그막의 그늘막.

한여름의 천변은 보고서도 보지 못한 것으로 가득하여서 우리는 우리가 놓여 있는 전경으로부터 한 걸음 물러났다. 우리에게 속하면서도 속하지 않은 풍경이 저 세상처럼 아득하게 좋았다.

어둠이 불러다 먹인 입을 바라본다

어둠이 불러다 먹인 입을 바라본다
나뭇가지 사이로 그리운 나뭇잎들 떠다니고
너는 이제는 없는 얼굴을 쓰다듬듯이
버려진 성모 마리아 상을 쓰다듬는다

조금 아주 조금
벌어진 입술 사이로 흘러나오는
신음 소리와도 같은 과거의 울림

너와 같은 그런 장소
잃어버린 후에야 자신의 몸이었음을 깨닫게 되는

다물어지지 않은 입
내 몸이 다시 들어가게 될 아주 작게 벌어진 당신의 입

반복되는 신음 소리 속에서
발음하지 못하는 당신의 말들 속에서

우리는 우리가 듣고 싶은 말들만을 골라 담는다

이상도 하지요
한낱 모음일 뿐인 그 어둡고 낮은 음들 속에서
당신이 하려던 말들을 모두 다 알아들을 수 있으니

너와 같은 그런 장소
너와 같은 그런 어둡고 밝은 장소

드러낼 수 없어서 깊어진 것을 진실이라고 부를 때
너는 하나의 묻힌 장소로서 내게 남겨진다

어제의 불빛은 나아갈 길을 알지 못한 채 나아가고
모음으로만 모음으로만 다만 모음으로만 노래하기

그러니까 내가 잃어버린 것은 이 세상의 모든 장소

너와 같은 그런 불빛

너와 같은 그런 공기

너와 같은 그런 드리움

너와 같은 그런 받아들임

그러니까
죽는다는 것은 미래의 방 하나를 가지게 된다는 것
어제의 표정을 지우면서 내일의 표정을 만들어간다
는 것

이제 나는 나이 든 고아가 되었습니다

너와 같은 그런 장소

너와 같은 그런 부름

너와 같은 그런 목소리

네가 나를 부르던 억양을 흉내 내어
내가 나를 불러보는 한낮

모든 것은 당신이 있는 곳으로 옮겨 갔습니다
알 수 없어서 그저 깊고 깊은 숲이라고 적어보는

너와 같은 그런 호흡

너와 같은 그런 표정

나는 내가 망각의 동물이라는 것이 기쁘면서 슬픕니다

말이 되지 않는 말을 간직하고 있는 장소
흑백으로 멀리멀리 달아나면서 다가오는

슬픔에 잠식당해 슬픔 그 자체가 될 때까지
슬픔의 몸이 되어 몸 없는 입으로 다시 열릴 때까지

우리는 죽은 엄마의 어린 나입니다

있었고 있었고 있었던

너와 같은 그런 장소

너와 같은 그런 거울 의자 식탁
너와 같은 그런 눈빛 공기주머니

몸의 안쪽에서 들려오는 목소리를 따라
꿈속으로 꿈속으로 죽은 엄마를 만나러 갑니다

나의 가슴과 나의 두 손으로
울면서 울면서 매번 뒤따라가는

너와 같은 그런 장소

너와 같은 그런 햇빛

너와 같은 그런 품어줌

너와 같은 그런

하나의 잎이 너를 찾아낼 때까지

어느 밤 나뭇가지 하나가 너의 책상 위에 놓인다. 너는 그것을 매일매일 바라본다. 그것은 죽은 것일까. 다만 잠들어 있는 것일까. 죽은 것만을 사랑하는 사람은 남은 생애 내내 어떤 빛에 매달려 살아가게 되는 걸까. 빛 없는 빛에 시달리며 죽은 듯 살아가게 되는 걸까. 어릴 적 너는 아무도 몰래 커튼 뒤에 숨어 있기를 좋아했다. 이제부터 나는 이 세상에 없는 사람이다. 그렇게 생각하면 맞은편 벽지 위에서 어른거리는 빛 그물도 너와 함께 울고 있는 것 같았다. 그러나 세상에 없는 사람의 마음 구멍에도 때때로 빛과 공기가 드나들어서 너의 커튼은 활짝 열리곤 했다.

시절의 어느 날에는 작은 나뭇가지가 너의 손에 쥐어져 있기도 했는데.

너는 걷는다. 너는 너의 나뭇가지와 함께 걷는다.

나뭇가지는 가리킬 수 있다.

나뭇가지는 마주칠 수 있다.

나뭇가지는 넘어질 수 있다.

나뭇가지는 건너갈 수 있다.

나뭇가지는 흔들릴 수 있다.

나뭇가지는 휘두를 수 있다.

나뭇가지는 기울일 수 있다.

나뭇가지는 바닥에 닿을 수 있다.

나뭇가지는 누군가의 손과 맞닿을 수 있다.

부러지기 쉬운 나뭇가지 하나가 그토록 큰 위안을 준다는 사실이 너는 놀랍고도 슬펐으므로. 너는 어린 날의 나뭇가지를 다시 불러들인다. 이제는 없는 나뭇가지의 잎을 쓰다듬는다. 녹색이었다가 갈색이었다가 담회색이었다가 담갈색이었다가 계절에 따라 색을 달리하는 하나의 잎을. 너는 하나의 존재가 빛을 잃어가는 순간을 오래도록 지켜보았다. 지금 눈앞에서 무언가가 떠나가고 있구나. 핏기를 잃은 입술이 회백색으로 지나가고 있구나.

그것은 생명이었을까.
다만 아프게 두고 가는 마음이었을까.

그러니까 지금
내 오랜 사람이 마른 나뭇가지로 태어나
내 작은 책상 위에 누워 있다.

장면은 늘 마지막에서부터 다시 시작된다.

왜 하필이면 사람으로 태어났을까요.
그저 들풀로 피었다 저물어도 좋았을 텐데요.

떠나간 사람들이 우주의 원자들 중의 하나로 머물며 내 곁에 함께 있다고 알려준 사람은 옛날의 커튼을 펼쳐 열던 한 잎의 사람. 내가 진정으로 원하는 것은 다른 방식으로 우는 것이라고. 언제든 언제고 지나간 시간이 다가올 시간을 예비하고 있다고.

어느 늦은 밤 어두운 나뭇가지 하나가 너의 작은 책상 위에 놓인다. 나뭇가지는 네가 잠들 때마다 너에게서 한 뼘씩 멀어져간다. 나무의 중심으로부터 떨어져 나온 그것은 어디로든 갈 수 있다. 어디로든 흘러갈 수 있다. 어디로든 멀리 갈 수 있다. 너는 걷는다. 너는 너의 진실과 함께 걷는다. 하나의 잎이 너를 찾아낼 때까지 너는 너를 걸어야 한다.

모래와 유리

인간의 빛 사라진다. 모래와 유리. 그것은 흩어지고 깨어지는 방식에 관한 것이다. 돌이킬 수 없고 붙잡을 수 없는 잔상에 관한 것이다. 뒤늦은 흔적으로만 더듬어 볼 수 있는. 모래와 유리. 돌아보면 기억은 상처 아닌 것이 없어서. 시간과 공간은 미처 알아보지 못한 알갱이와 조각들로 이루어져 있다. 알알이 부서지면서 낱낱이 빛나는 물질들에 관하여. 단단히 쌓여가다 막막히 무너지는 몸짓들에 관하여.

탁자 위에는 접시 하나가 놓여 있다. 접시 위에는 어느 날의 간소한 식사의 흔적 같은 것들이. 잔해라고 불러도 무방할. 마지막 온기라고 부를 수도 있는. 유동적인 시간의 지문이 배어 있는. 뒤늦게 발견하게 되는 지나친 사람의 지나간 표정 같은 것들이. 말라가는 열매의 조각들과 먹다 남은 빵의 부스러기들이. 연둣빛 찻잔 속에서 영원처럼 떠돌고 있는 몇 개의 찻잎들이. 가까이 들여다보면. 조금 더 가까이 들여다보면. 남겨진 조각 속에는 이제는 없는 한 사람의 인생이 깃들어 있다.

그것을 무엇이라 부를 수 있을까. 슬픔이라 하기엔 간직하고 있는 낱말이 작고 작아서 낱말들 위로 또 다른 장면들 장면들 장면들을 이어 붙여 볼 수도 있겠지. 그 무수한 장면들을 대신할 무수한 이름들 이름들 이름들을 영원토록 이어나갈 수도 있겠지. 오래된 미래와도 같은 모래와 유리. 모래와 유리와도 같은 우리의 미래. 여의고 여읜 그 여름의 장면들 곁으로 어떤 낱말들을 데려올 수 있을까. 모래와 낙원이라고. 유리와 구슬이라고. 낱말과 낱말을 간신히 덧붙이면. 이제 막 구체성을 띠게 된 시간과 공간 속으로 들어가 몸을 누일 수도 있을까. 작고 둥근 구체의 물성을 감각하며 환영과도 같은 영혼과 뒤섞인 채로 빈 들판을 굴러볼 수도 있을까.

자흔과 자국과 빈 방과 빈 벽과 빈 모래와 빈 유리와 빈 식탁과 빈 침대와 머나먼 빈 언덕을 따라가다 보면 있었던 것이 있었던 시절보다 더욱더 또렷이 맺혀 오는 얼굴들 표정들. 그저 모래와 유리처럼 알알이 낱낱이 흩어지면서 반짝인다고. 반짝이며 흩어지다 사라져간다고. 한 줄 한 줄 써 내려가던 여름의 장면들을. 선택한 활자체에 따라 문체의 호흡이 달라지던 백지 위에서. 순간순간 피어오르다 다시 또 사라져가던 그 여름의 장면들을. 그 순간의 표면들을. 그저 있었다고. 그저 있었던 것으로 내내 함께 살아가고 있다고. 이름 없이 이름할 수 있을까. 모래와 유리 같은 것들을. 모래와 유리 같은 것들로.

거의 그것인 것으로 말하기

오래전 너는 내게 시 한 편을 번역해 보내주었다. 언어의 죽음 혹은 언어와 죽음에 관한 시였고 나는 오래도록 그 시를 사랑하여 소리 내어 읽고는 했다. 이후 나는 내가 모르던 그 언어를 익히게 되었고 그 시를 번역하게 되었고 오래전의 내가 그 시를 오독하였음을 알게 되었다.

몇 년 뒤 어느 날 나는 네가 머물던 도시로 여행을 가게 되었고 너는 기꺼이 나의 동행이 되어주었는데. 이전에 나는 그 도시에 가본 적이 있었지만 어떤 연유로 말하지 않았고 말하지 않음으로 인해 그 도시는 처음 방문하는 것처럼 느껴졌다. 실제로 그 도시의 식물원은 처음 가보는 곳이었고 생긴 지 얼마 되지 않은 곳임에도 인공적 구조의 조화로움이 아직 쌓이지 않은 시간의 온

기마저도 완벽하게 구현해내고 있었다.

　곳곳에는 나무의 이름을 사랑해서 울고 있는 것들의 흔적이 새겨져 있었고 정원사는 식물의 낱말을 가로지르며 풀과 잎과 뿌리의 시간을 지켜내려 애쓰고 있었다. 계절은 꽃과 나무들 위로 다시 돌아오고 있었지만 어떤 심장은 두번 다시 뛰지 않았다. 오랜 잠에서 깨어난 사람처럼 순간의 순간을 깊이 자각하게 되었을 때. 알고 있던 사실들 위로 모르던 사실들이 천천히 내려앉기 시작했다. 한겨울 허공에서 흩날리는 흰 눈의 하염없는 움직임처럼. 벽을 짚으며 걸어가는 눈먼 사람의 간절한 더듬거림처럼. 때로는 경험하지 않은 일이 경험한 일보다 더욱더 진실되게 여겨지는 순간이 있었고. 너와 내가 식물원의 사이사이를 걸어 다닐 때 과거의 미래의 과거의 미래의 과거를 다시 불러들이고 있다고 느꼈고.

　그때.

　과거의 미래의 언어의 죽음의 문장을 경유하여 도착하는 목소리가 있어 어느 날의 행인은 걸어가던 자신의 걸음을 문득 멈춘다. 그러니까 우리는 오역과 오독의 결과로 다시 만나게 되었고 식물원의 한 나무 앞에서 오늘 다시 걸음을 멈춘다. 우리는 오래전 다른 도시에서도 한 나무 앞에서 걸음을 멈춘 적이 있었고. 그때처럼 너는 우리 앞에 서 있는 나무의 이름을 말해주었다. 내가 알던 이름은 아니었지만 나무의 색과 향은 남몰래 사랑해왔던 나무와 같았으므로 나는 내가 아는 나무의 이름을 너에게 일러주었다. 몇 개의 다른 이름을 가진 같은 나무는 우리가 떠나고도 한참을 따라오고 있었다. 사람을 놓친 적이 있는 마음이 나무의 향기를 따라가고 있었다. 부르면 따라오는 것들은 어디에나 있었고.

따라온다.
다시 어제의 향기 같은 것들이.

거의 그것인 것 같은 것들이 다시 우리의 곁으로.

빈칸과 가득함

우리는 나아갈 수 있는 사람들이었고 나아갈 수 있는 방향은 여럿이었으나 우리는 나아가지 않았고 그렇게 나아갈 수 있는 방향은 무수한 가능성이 되어 우리 앞에 남겨진 채로 이제는 잊을 수 있게 된 어떤 일이 우리를 우리로 묶어놓는다. 나아가는 일만 남은 날들과는 작별 인사를 하고 우리는 여기에서 우리의 꿈을 꾸겠다고. 나아가지 않은 길에 대한 열망과 질주하는 감각은 여전히 간직한 채로. 오직 연습 연습만이

라고 적힌 벽에는 빈칸이 가득하다. 오직 연습만이 우리를 우리로 만들어나갈 수 있다고. 단련되는 정신에 대해 말하던 어느 날의 네가 있었고. 나아가지 않은 방향은 여전히 우리의 앞에 남겨진 채로 우리가 사랑했던 나무들처럼 무수한 가지와 가지를 뻗어나가고 있다.

너는 빈칸의 얼굴을 하고 있고 빈칸의 걸음을 하고

있어서 빈칸은 채워질 수 있는 목소리로 가득하다. 빈칸과 나는 많은 것을 함께해왔고. 함께 걸어오는 동안 나와 빈칸은 빈칸 구역이라 불릴 만한 영역으로까지 자리를 넓혀갔다. 이를테면 거의 그것이 될 뻔한 무엇 가까이. 그늘을 키워가면서 다가갈 수 없을 만큼 다가갔다. 채워지기 직전의 흐릿한 어둠을 잠재적으로 품고서.

그러나 죽은 사람의 영혼은 보이지 않고

그러나 너는 보이지 않는 영역으로까지 나아간다.

새롭게 마주하는 공간을 경험하기 위해서

낱말은 빈칸의 공백을 몰아내면서 밀어내고 있었고.

빈칸은 빈칸 아닌 것들로부터 줄곧 영향 받아왔다. 빈칸은 그 자신의 여백에 의해서 흔들리면서 변주되고 있었다. 아득하게 가득하게 이름 없이 남겨진다는 것. 한마디 대사도 없이 인물의 움직임도 없이 오직 침묵으로만 채워지는 그 모든 영화들처럼. 그리고. 그러다. 장면을 전환할 만한 새로운 장치가 필요하다는 듯이. 영화는 문득 흘러나오는 어떤 음악에 의해 이전과는 다른 공기를 덧입는다. 인물은 다른 시공으로 건너뛴다. 대화는 말하지 못한 말들로 가득해진다. 영화가 끝나고 엔딩 크레딧이 올라갈 때. 하나둘 사람들이 객석을 떠나고 있

는 그 순간에. 음악은 다시 한번 우리를 우리 아닌 자리
로 들어 올린다.

그 노래는 두려움 없이 마음속 이야기를 하리라*
네 마음
네 마음이 내 마음 안에
네 마음이 내 마음 안에 있다면
내 마음
내 마음이 네 마음 안에
내 마음이 네 마음 안에 있다면

우리는 나아갈 수 있는 길을 향해 나아갈 수 있는 사
람들이었고. 다만 끝없음에 관하여 끝없는 문장을 적어
내려가는 것으로 다시 나아가고 있는 사람들이었고. 너
는 끝없이 이어지는 삶의 감각을 더는 견딜 수 없어 보
이지 않는 문을 열고 나간다. 우리는 모두 자기 자신이
되고자 했지만 자기 자신이 아닐 때에도 자기 자신일
수밖에 없다는 사실을 이미 알고 있었으므로. 대체 자기
자신이 아닐 수 있는 순간이란 어떤 순간인 것일까. 죽
음 너머로부터 들려오고 있는 이미 흘러간 어떤 목소리

는 비현실적으로 현실적이어서 우리가 사랑했던 오래전 나무를 흔들고 또 흔들고 있다.

빈칸은 가득함으로 가득하다. 빈칸은 아득함으로 아득하다. 멀리 보이지 않는 문 너머로 알 수 없는 언어로 문장을 낭독하는 소리가 들려온다.

하나의 묘사를 건너뛰기. 하나의 사건을 건너뛰기.

물컵을 바라보는 시간만큼 존재를 잊는 연습을 할 것.

더는 그곳에서가 아니라 이곳에서 꿈을 꾸겠다는 다짐을 하고 두 번 다시 돌아오지 않는 사람이 있었고. 더는 기다리지 않는 것으로 지나간 얼굴은 하나의 단단하고 굳건한 빈칸으로 남겨진다.

연습 오직 연습만이.

낡은 종이가 붙어 있던 오래전 벽을 생각한다.

그것은 누구의 벽이었을까.

다만 비어 있는 채로 가득한.

* 영화 〈쁘띠 마망(Petite Maman)〉, Celine Sciamma(2021).

마미의 사각 거울 마음

마미라는 말에 거부당했던 저녁을 기억한다
(저녁은 식탁 위의 마미를 거부했던 어둠을 기억한다)

마미는 누군가의 엄마일 수도 있었다

그것은 오래전에 썼던 시에 대한 것으로
오독으로부터 비롯된 기억은
더 깊이 오해되기 전에 마미라는 단어를 삭제했고

마미는
언젠가 내가 쓰려고 했던
이상하고 아름답고 슬픈 감각의
오래되고 사무치는 정원의 마가목 열매의
낯가림이 심한 어리고 붉은 마음처럼

열매를 쪼아 먹는 새를 기다리던

이른 아침을 뒤로 하고 오늘의 마미가 사라지자

　오늘의 마미를 따르던 단어들도 하나둘 사라지기 시

작했고

하나둘 사라지는 세계 속에서

길고 높다란 슬픔이 딱딱하게 굳은 낱말들로

한 줄 한 줄 잊히고 묻히는 것을 목격하기 시작했다

마미를 따라 사라진 단어들에는

마미를 닮은 빛나는 거울 감각이 깃들어 있다

댄스 플로워에서 춤을 추고 있는 도트 무늬 원피스

　미드나잇 익스프레스를 타고 온 수요일 밤의 유리 거

울 인형은 새드 엔딩의 사운드트랙을 건너뛰어 프로작

브린텔릭스 약봉지를 쥐고 드미트리 정원의 화이트 세

이지 덤불 너머 우디 엠브레트 19 향기를 풍기며 전날

의 퐁피두 센터 뒤쪽으로 사라져가는 어둑한 그림자로

부터 다시 떠오르는 유령 낱말들을 향하고 있어서

(사라진 단어들을 불러들이는 것은 의외로 쉬운 일이다
그러므로 그리하여 그리하기에 다만)

이제는 내가 아픈 사람이 되었기 때문에
나는 마미 마미 대신에 엄마 엄마라고 불러보았다

이후로
아무도 모르게

이제는 없는 나의 엄마가
마미의 얼굴로 태어나서 말하기를

언제든 언제고 마미라고 불러도 좋단다
날개를 펼쳐 훨훨 날아다니는 나의 작은 딸아

먼 빛을 울리며 사라진 나의 얼굴 곁에
흰 빛을 따라간 오래전 나의 마미가 있어

마미는 지금 내 책상 위 사각 프레임 속에 들어 있다

내가 울면 환한 표정을 짓고
내가 웃으면 더 환한 표정을 짓는다

환한 표정과 더 환한 표정의 차이는
나와 마미만이 알 수 있는 비밀 같은 것으로

저녁의 식탁의 사각 마음은 오늘도 부드럽게 빛난다

붉은 공을 사이에 둔 소년과 개

소년은 나무숲을 머리에 이고 있다
소년과 개 사이에는 붉은 공이 있다

붉은 공은 나무숲과 소년과 개 사이에 있습니다
붉은 공은 붉은 공만의 품위와 정취가 있습니다

그것은 언젠가 내가 잃어버렸기 때문에
나무숲 사이에서 다시 나타난 것이다

머리에 나무숲을 인 소년은
붉은 공과 함께 정지해 있습니다

생각을 하는 동안엔 시간이 멈춘다고 느껴진다
멈추어 있는 동안 붉은 공을 다른 것으로 변환할 수

도 있을까요

조금 덜 붉은 빛의

혹은 조금 더 붉은 빛의

애초에 붉은 공이 거기에 있었고

거기 있는 것을 내가 잃어버린 것으로 정했으니까

붉은 공 이외의 것은 생각하지 않는 편이 좋습니다

그렇다면 붉은 공을

피아노 없이 피아노 치기로 교환하는 것은 어떨까요

그리하여 그러므로

소년의 유일한 취미인

피아노 없는 피아노 치기가 시작된다

들리지 않는 선율 위에서

붉은 공은 드디어 편안한 숨을 쉴 수 있었다

장소와 시간에 구애 받지 않고 피아노 칠 수 있다는 것

위대한 피아니스트의 영혼을 덧입을 수 있다는 것

피아노 없이 피아노 치기는
아주 많은 장점을 가지고 있었다

관객 앞에서 실연을 행할 일이 없었으므로
연주는 오른쪽으로 왼쪽으로 왼쪽에서 오른쪽으로
위에서 아래로 아래에서 위로 마음껏 흐를 수 있었다

소년은 사랑하는 피아니스트와 영혼의 친구가 되어
그의 손가락의 모든 감각을 그대로 감각할 수 있었다

이것이 내가
피아노 없이 피아노 치기를 하는 이유이다

이것이 내가
붉은 공을 나와 개 사이에 놓아두는 이유이다

이제 다음으로 연주할 곡은 내 언덕을 가져가세요
입니다

이것은 가져갈 수 없는 언덕을
누군가에게 가져다주려는 마음에 관한 기록입니다

피아노 없이
피아노 치기를 시작한 이후로 소년은

붉은 공이 그려내는 움직임을
붉은 공 없이 그려낼 수 있게 되었다고

그 모든 음표는 오선지 위에서
무한한 떨림을 누리고 있었다고

개는 그 자리에 멈춘 채로 멀어지고 있었다
소년은 나무숲을 머리에 이고 있었다

멀어지면서 돌아오는 것은 보이지 않는 것들뿐이어서
붉은 공은 붉은 공만의 슬픔으로 맺혀 있었습니다

걷는 발걸음과 함께 걷는 발걸음

걷는 발걸음과 함께 걷는 발걸음

멀리 있는 곳으로 작은 안부를 전하는
한 걸음 한 걸음

나는 이제 눈도 잘 보이지 않고
몸도 나를 떠나가고 있다

혼잣말을 하면
가만히 나의 곁으로 와 걷는

보이지 않는
한 걸음 한 걸음

땅이 있어요 우리의 발 아래
그리고 묻힙니다 우리의 몸이

우리가 지금 걷는 이곳이
오래전 누군가가 묻힌 그 자리입니다

아무런 말 없이도 피어나는 들풀을
너는 사진으로 찍어 내게 보여주었다

그것은 아주 오래전의 일이고
지금은 어디서 주워 왔는지 기억나지 않는
작고 검은 돌멩이들과 함께 놓여 있다

알지 못한 채로 지나쳐버린 어느 날의 마른 풀은
새하얀 백묘국 줄무늬 삼잎국화였다가
순례의 향나무 짙푸른 길 위에 내려앉은
해그림자 그리운 그늘이었다가

늘어나고 줄어들면서
결국 우리의 얼굴과 함께 시들어간다

돌멩이 위에 포개어진 채로 보이지 않는 마른풀처럼
그저 그렇게 말할 수밖에 없는 마음이 있고

다만 그런 정도로만 말할 수 있는 것은
다만 그런 정도로만 말하는 것이 좋다

마음속으로만 마음속으로만
입속에 고요히 머금고 있는 것이 좋다

그것은 내게 무수한 빛 나래 언덕으로 휘날리면서
걷는 발걸음 곁에 걷는 발걸음으로 다가오고 있어

이름을 모르던 나무의 이름을 알게 되는 날이 온다고
나는 이렇게 멀리서 말할 수 없는 안부를 적고 있다

다시 또다시

밤의 방향과 구슬 놀이

내가 알던 산은 열리지 않는 산이었다
내가 알던 구슬도 마찬가지여서 좀처럼 굴러가는 법
이 없었다

굴러가는 것에는 어떤 힘이 작용하는 것일까
우주 공간의 곡률을 면밀히 따져 묻듯이
은거 중인 노인의 얼굴로 너는 물었다

곡면이 아닌 평면 위에서
시간과 공간을 의식하는 의지가 작동할 때에만
열리고 보이는 산이 있습니다

당신의 얼굴은 좀처럼 열리지 않는군요
빛의 산란에 의해서만 모습을 드러내는 먼지 구슬 같

군요

너의 얼굴은

고대의 파피루스와도 같이 둥글게 말려 있었다

누구도 아무도 너의 내면을 읽어낼 수 없었으므로

너는 구르기 시작했다

그 모든 먼지 구슬의 방향을 따라

굴러감 그것은 던져짐이었고

던져짐 그것은 버려짐이었고

버려짐 그것은 사랑함이었다

그 시절 우리가 기꺼이 던질 수 있었던 것은

오직 마음을 다해 사랑했던 것들 뿐이어서

먼지 구슬은 끝없이 끝없이 굴러가고 있었다

우리는 서로를 어느 밤에 묻어두고 온 것일까

노인의 얼굴로 다시 고쳐 묻기에 나는 너의 입을 바
라보았다

어둠의 입이 그려내는 문장 그대로를 받아 적으려고
어둠 속에서야 펼쳐지는 어린 얼굴을 마음속에 심어
두려고

다만 밤은 흐르고 흐르는 것으로서
쌓이고 쌓이다 흩어지는 것으로서

은자의 숲은
이미 오래전에 열려 있었다고 노인의 입은 말했다
나는 노인의 얼굴을 더듬듯이 내 얼굴을 감싸 쥐었다

새들은 다르게 달아나고 있었다
밤의 무리는 푸르게 날아가고 있었다

세계는 보이지 않는 구멍을 내고
사랑하는 사람들을 하나하나 그 속으로 던져 넣고 있
었다

잘 죽어갈 수 있다면 잘 살아갈 수도 있다
춤을 추듯이 춤을 추듯이

잠에서 깨어나기도 전에 나는 그것을 받아 적었다
간신히 떠오르는 밤의 기억 속에서
만질 수 있다고 믿는 세계의 미망 속에서

지금도 굴러가고 있다
무수한 방향에서 무수한 방향으로

여리고 둥근 마음을 굴려 보는 밤이 있었다
살아 있는 사람의 이름을 붉은색으로 쓰면 가슴이 내
려앉곤 했다

Mmm과 바람과 나

내일이면 다르게 해석될 오늘의 장면 속에서 Mmm은 계속 Mmm일 수 없어서 자꾸만 사라지고 있다. Mmm은 한결같은 이름으로 불리는 것이 한결같이 의아했고 떠나야 할 시간은 얼마 남지 않았다. 어쩌면 반나절 아니면 반나절의 반나절.

한나절 만에 백발이 되어버린 사람이 화면 밖으로 걸어 나간다. 아니다. 그것은 그저 입에서 입으로 전해진 이야기일 뿐이다. 전해 들은 이야기는 이미 충분했으므로 이제 자신의 이야기를 지어야만 한다고. 이후로 Mmm과 바람과 나는 어깨를 나란히 하고 걷고 있다. 스스로 만들어낸 환각 속에서 다시 또 살아나는 망각과 함께. Mmm과 바람과 나는 떠나는 속도로 매번 같은 자리로 되돌아오고 있었다.

그러니까 세계는 거대한 유리구슬과도 같다
Mmm의 말

우리는 거대한 구슬 안에 놓여 있는 동시에
구슬 안의 우리 자신을 바라보고 있지
바람의 말

구슬 밖에서 구슬 밖에서
나의 말

아무 말 없이
Mmm과 바람의 말

아무 말 없이 아무 말 없이
나의 말

그저 바라보는 것만으로도 세계를 품어주는 시선이
있었다. 그리하여 Mmm과 바람과 나는 오래도록 바라
본 그것을 다시 바라보기 시작했다. 화면은 다시 기나긴
암전이 이어지고 있다. 방금 본 그것을 잊으라는 듯이

암전 위로 다시 목소리가 흐르고 있다. 암전과 암전 속에서. 눈 깜빡임과 깜빡임 사이에서. 눈멀어가는 동시에 귀 열리고 있는 당신들이여. Mmm과 바람과 나는 다른 누군가의 목소리를 듣듯이 우리 자신의 목소리를 듣고 있다. 우리 자신의 목소리를 듣듯이 다른 누군가의 목소리를 듣고 있다. 간신히 포착할 수 있는 기미와 전조만이 순간의 순간을 드러내는 모든 것이라고 생각하면서. 망각 속에서 건져 올린 그 말을 언제까지나 언제까지나 주고받고 있다. 셋인 듯 하나인 목소리로써. 첫 페이지에서 마지막 페이지로 단번에 건너뛰듯이.

사잇길에서 만나기

사잇길에서 만나기로 하고 우리는 헤어졌다. 각자의
길목에는 무수한 사잇길이 있었지만 만나기로 한 사잇
길을 분명히 알아볼 수 있다는 듯이 우리는 헤어졌다.
첫 번째 사잇길에는 낙엽이 떨어져 있었다. 낙엽은 거리
를 뒤덮고 있었다. 때 이른 계절이 가득히 도착해 있었
다. 낙엽의 거리는 약속을 잡기에 좋았고 철 지난 나무
그늘을 상상하기에 좋았다. 나무 그늘의 가능성은 다가
올 계절의 가능성으로 이어졌고. 다가올 계절은 연둣빛
이파리 아래로 모여들 사랑의 가능성을 불러내고 있었
다. 사랑의 사잇길을 지나자 웅덩이의 사잇길이 나타났
고. 맑고 시린 웅덩이는 무언가 비춰보기에 좋았다. 모
르는 사이 훌쩍 건너뛰기에도. 숨겨둔 두 발을 적시기에
도. 웅덩이는 물그림자를 불러내고 있었고. 메마른 흙바
닥 위로 오늘의 하늘을 그려내고 있었다. 단 하나뿐인

오늘의 하늘을 건너뛰어. 단 한 번뿐인 오늘의 하늘의 구름을 건너뛰어. 맑고 시린 하늘의 구름 사이를 떠도는 낙엽을 건너뛰어. 이제는 없는 나무의 무성함을 건너뛰어. 우리는 어딘가로 자꾸만 자꾸만 도착하고 있었다. 나 아닌 것들에게 뒤덮인 채로. 너 없는 것들에게 휩싸인 채로. 나아가고 나아가자 다음 또 다음 사잇길이 보이기 시작했고. 언제나 그렇듯 우리는 사잇길과 사잇길 사이에 서 있었다. 만나기로 한 곳이 더는 어디였는지 알 수 없게 된 채로 우리는 만났다. 만나기로 한 곳을 이미 오래전에 지나쳐 왔다고 생각하면서. 어제의 식당의 자리엔 오늘의 식당이. 우체통의 자리엔 빛바랜 나무 푯말이. 푸른 잔디밭에는 붉은색 자갈이 깔려 있었다. 가없이 나뉘고 나뉘는 사이에도. 덧없이 흐르고 흐르는 동안에도. 우리는 이렇게 다시 또 만나고 있구나. 끝없이 두 갈래로 갈라지는 길 위에서. 문득 고개를 돌리면 사잇길과 사잇길 사이에서 오래전의 너와 내가 만나고 있었다. 낱말을 기다리는 풍경이 남아 있는 한 우리는 다시 또 만나게 되겠지. 끝 모를 문장을 밀고 나가면 잊힌 나무 그늘 곁으로 도착한다고 쓰면서. 단 하나의 물웅덩이에 비친 얼굴이 여러 겹으로 흘러가고 있었다.

걷기 아름다움 걷기

걷기 아름다움 걷기. 두 발로 걷기. 두 발로 걷다 한 발로 걷기. 한 발로 걷다 한 발 멈추기. 들숨 한 번 날숨 한 번. 멈춘 한 발 다시 걷기. 나머지 한 발 다시 걷기. 걷는 마음으로 다시 멈추기. 두 발로 걷는 것과 함께 한 발로 걷는 것 돕기. 들숨 한 번 날숨 한 번.

······ ······ ······ ······ ······ ······ ······ ······

호흡과 호흡 사이의 호흡 없음을 자각하며 걷기

······ ······ ······ ······ ······ ······ ······ ······

멈추었다 다시 걷기. 다시 두 발로 걷기. 모퉁이를 돌아 걷기. 대각선을 가로질러 걷기. 뒤돌아서서 걷기. 다시 한번 더 걷기. 들숨 한 번 날숨 한 번. 두 발로 걷다 두 발로 멈추기. 다시 한 발 내딛기. 나머지 한 발 내딛기. 걷던 발 다시 멈추기. 들숨 한 번 날숨 한 번.

　　…… …… …… …… …… …… …… …… …… ……

침묵과 침묵 사이의 침묵 없음을 허용하며 걷기

　　…… …… …… …… …… …… …… …… …… ……

아름다움 걷기 아름다움. 다시 한 발 내딛기. 들숨 한 번 날숨 한 번. 다정한 마음으로 걷기. 순간의 순간을 걷기. 거리에서. 강가에서. 들판에서. 언덕에서. 마음속 길을 내면서 걷기. 너와 나라는 분별없이 걷기. 어둠 속 빛을 응시하면서 걷기. 다시 들숨 한 번 날숨 한 번.

　　…… …… …… …… …… …… …… …… …… ……

표면과 표면 사이의 없는 존재를 바라보며 걷기

······ ······ ······ ······ ······ ······ ······ ······

걷던 마음 다시 멈추기. 걸음과 걸음 사이 미끄러지며 이행하는 걸음 바라보기. 다시 바라보기. 멈추었던 걸음 다시 내딛기. 다시 한 발 내딛기. 들숨 한 번 날숨 한 번. 들숨의 세부 묘사하기. 세부의 세부 묘사하기. 바깥으로 나가듯 안으로 걷기. 들숨 한 번 날숨 한 번.

······ ······ ······ ······ ······ ······ ······ ······

(무한 반복하는 것으로 무한 변주되는 것을 무한 반복할 것.)

······ ······ ······ ······ ······ ······ ······ ······

(말줄임표와 말줄임표 사이사이에서도 무한 반복할 것.)

······ ······ ······ ······ ······ ······ ······ ······

발견되는 춤으로부터

멀리 성당의 첨탑에서 저녁 미사를 알리는 종소리 들려온다. 열린 창 너머로 어스름 저녁 빛 새어 들어오고. 마룻바닥 위로 어른거리는 빛. 움직이면서 원래의 형상을 벗어나려는 빛이 있다. 어디로든 갈 수 있다고 속삭이는 옛날의 빛이 있다. 사제는 한 그릇의 간소한 식사를 마치고 자리에서 일어난다. 가장 낮은 자리로 물러나 무릎을 꿇고 기도를 올린다. 화면은 다시 정지된다. 일평생 봉쇄 수도원의 좁고 어두운 방에 스스로를 유폐한 채 기도에만 헌신하는 삶. 너는 보이지 않고 들리지 않는 기도가 누구를 도울 수 있는지 묻는다. 화면은 다시 이어진다. 너는 책상으로 가 앉는다. 맞은편에는 비어 있는 의자. 비어 있음으로 가득한 의자. 책상 위에는 먼 나라에서 보내온 엽서가 놓여 있다. 엽서는 북반구 소도시의 풍광 담은 사진으로 단단한 얼음을 도려

낸 듯한 작은 호수가 펼쳐져 있다. 한때의 죽음과도 같은……. 호숫가에는 걷거나 뛰는 사람들이 어딘가로 가려는 동시에 어딘가에 멈추어 서 있다. 멈추어 있는 채로 움직이고 있는 자전거 바퀴의 빛살이 아득히 눈부시다. 언젠가 너를 눈멀게 했던 호수의 빛. 한 발 한 발 천천히 걸어 들어가 남몰래 몸을 던지려 했던 깊고 쓸쓸한 물결의.

엽서 곁에는 작고 검은 돌이 몇 개 놓여 있다. 검은 돌…… 뚝뚝 눈물을 흘리면서 울고 있는 작은 돌. 돌의 표면 위로 무언가 흘러가고…… 돌연 가슴을 두드리는 슬픔이 지나가고…… 돌은 다시 발견된다. 돌은 그제야 제자리에 놓인다. 발견되는 돌 이전에는 발생하는 눈이 있었고. 눈. 바라보는 눈. 바라보면서 알아차리는 눈. 알아차리면서 흘러가는 눈. 흘러가면서 머무르는 눈. 머무르면서 지워지는 눈. 지워지면서 다시 되새기는 눈.

너는 엽서의 뒷장을 펼쳐 읽는다. 끝없는 설원의 가장자리로부터 한 사람이 베일 듯 걸어 나온다. 얼음의 꽃으로부터 향기를 간직하려던 사람이여. 닿을 수 없는 국경 너머를 향해 뿔피리를 불던 먼 생의 사람이여. 너는 이미 죽은 스승의 전생의 어머니이다. 몇 겁의 세월을 지나 이름 없는 여인이 낳은 구슬픈 눈을 가진 어린 린포체이다. 순간……. 마룻바닥 위로 한 번도 본 적 없는 설원의 작고 어린 짐승이 지나가고. 너는 네가 가보지 못한 곳의 겪지 못한 형국을 한눈에 다 바라볼 수 있다는 기이한 착각 속에 빠져든 채로…… 맞은편은 여전히 비어 있다. 비어 있음으로 가득히 비어 있다. 의자에 앉은 너는 끝없는 설원 위를 끝없이 걷는다. 고행이라도 하듯이. 앞서 걸어가는 네 자신의 옷자락을 간신히 붙잡고 가듯이. 정지된 화면은 다시 재생된다. 기도를 마친 사제는 책상으로 옮겨 앉아 먼 나라의 슬프고 아픈 사람에게 편지를 쓴다.

빛이 먼지를 지우고 있습니다.

밤이 어둠을 돕고 있습니다.

사이…… 푹푹 눈밭에 빠지는 발소리가 누군가의 울음소리처럼 들려왔기에. 너는 의자에 앉은 채로 걸음을 멈춘다. 눈을 들어 옆을 바라보았을 때. 어느새 작고 어린 겨울 짐승이 네 곁을 따라 걷고 있었고. 너와 어린 짐승은 각자의 생각에 잠겨 각자의 길을 걷고 또 걸었다. 그것은 언젠가 전해 들은 믿음에 관한 이야기와도 같아서. 네가 바라보는 거울 속에서 너는 무엇이든 될 수 있고 무엇이든 볼 수 있다는 찰나의 깨달음에 관한 이야기로서. 너는 작고 검은 돌 위에서 두 번 다시 볼 수 없는 한 얼굴을 발견한다. 어슴푸레한 빛 속에서 무수히 떠오르는 몸짓들. 빛과 어둠의 경계 위에서 흩날리는 입자와 입자 사이의 흐느낌 속에서. 잊고 있었던 기억처럼 먼지의 춤이 발생한다. 춤이 발생하기 이전에는 하염없이 내리는 눈이 있었고. 하염없이 내리는 눈 이전에는 하염없이 덮이는 땅이 있었고. 하염없이 덮이는 땅 이전에는 하염없이 자기 자신으로 돌아가는 몸이 있었고…… 너는 멈추어 있는 채로 걸어가는 그 모든 사물의 표정과 목소리를 너 자신의 얼굴인 듯 읽어 내려간다.

사이…… 먼 나라의 사제는 온몸으로 세계의 울음을 듣는 사람이 되어 이 세상 속으로 한 걸음 한 걸음 더 걸어 들어가고 있었고. 어느덧 너는 더는 나아갈 수 없는 설원의 모서리에 도착해 있었으므로. 이제 그만 작별 인사를 하려고 고개를 돌렸을 때. 함께 걷던 작고 어린 겨울 짐승은 어느 결에 사라지고 없었고. 오직 너 혼자만이. 너 자신과 함께. 둘인 동시에 하나인 채로. 하나인 동시에 둘인 채로. 먼 길을 오래오래 홀로 함께 걸어가고 있었으므로. 걷고 걸어도 가닿지 못하는 설원의 빛 너머로부터. 누군가 멀리서 내내 당신을 돕고 있습니다. 춥고 어두운 골짜기에서 들려오듯 문득 서럽고 드넓게 울려오는 네 마음속 한 목소리가 있어. 너는 먼 곳의 얼굴 없는 사제를 네 영혼의 친척으로 여기는 것이다.

맑은 물은 맑은 물을 만진다

눈을 감는다. 들숨 한 번 날숨 한 번. 호흡에 집중한다. 감은 눈 속 검은 망막 위에 붉은 돌 하나가 떠오른다. 붉은 돌은 붉은 얼굴 붉은 얼룩 붉은 거리 붉은 노을을 데려온다. 붉은 능선 너머로부터 붉게 타오르는 것. 스미고 번지는 것들이 너의 눈동자를 붉게 물들인다. 너의 눈동자가 붉어지자 붉어진 눈시울의 사람이 너의 마음 속에서 걸어 나온다. 붉은 눈시울의 사람은 너의 눈동자를 통해 자신의 눈동자를 바라본다. 되비친다는 것은 이런 것이군요. 아프도록 반복해서 되받는 것이군요. 머나먼 지평이 태양의 고도를 따라 시시각각 환해지듯이. 오래 어두웠던 낯빛이 순간의 순간 속에서 문득 맑아지듯이. 밖으로 향하는 시선이 아닌. 안으로부터 시작되는. 그 모든 빛의 방향성을 헤아려 따르듯이. 너는 붉은 조각 하나를 찾아 헤매고 있다고 했다. 누군가는 그것을 있지도 않은 마음이라고 하더군요. 오래도록 이어지고 있는 내면 아이의 울음이라고도. 혹은 영원히 채워지지 않는 붉은 돌 붉은 실 붉은 길 붉은 구름 붉은 이름 붉은 시간……을 건너서야 닿을 수 있는 맑은 물의 맑은 말이라고도…… 그 모든 말이 가리고 있던 몇 겹의 시간 혹은 몇 겹의 존재의…… 영원회귀의 궤적 속에서 건져 올려야만 하는 최초의 기억이라고도……

그러니 오늘 다시
당신의 붉은 눈동자에 비친 나의 마음이
어둡게 물든 나의 말을 새롭게 들어 올리고 있군요.

붉은 마음의 사람은 다시 눈을 감았다.
눈을 감아도 환히 보이는 것들을 바라보는 얼굴로.

사이

붉은 돌 무너짐 붉은 물 흘러감 붉은 유리구슬 굴러감

사이

줄줄이 이어지는

과거와 현재와 미래의 너와 내가 겹치며 번지는 그

모든 표정과 목소리 들이

산산이 부서지며 흩어지는 옛날의 조각들로 되살아

나고 있어……

들숨 한 번 날숨 한 번

들숨 한 번 날숨 한 번

감았던 눈을 뜬다. 검은 망막에 맺힌 붉은 돌 옆에 또

하나의 붉은 돌이 다가온다. 마주 보는 두 개의 거울을

들여다보듯이. 너는 이중의 거울 속에서 끝없이 되비치

는 현묘한 형상이 반복되며 사라지듯 다시 맺히고 있

는…… 그 소실점 너머의 검고 흰 점 혹은 희고 붉은 점

의 사라짐을 끝없이 바라본다.

너는 마음의 평온을 위해 이 세계를 가시적으로 드러

내 보여주는 작은 모형이 필요했다. 오래도록 잠들어 있

는 사람을 깨우듯 너는 붉은 유리구슬을 흔든다. 유리구

슬 속 사막을 형상화한 잿빛 언덕 위로 모래 폭풍과도

같은 은빛 가루가 출렁인다. 네가 흔들어 깨우기 전에는 아득히 잠들어 있던 붉은 돌의 시간이 비로소 깨어난다.

다시 깨어난 시간이 붉은 눈동자를 바라보고 있는 사람을 바라보고 있는 너의 순간의 순간을 한없이 일깨우고 있어서. 타오르는 노을 속 스미는 붉음의 짙은 그리움의 푸른 이끼 어제의 죽은 얼굴의 드넓은 들판의 내일의 내가 전생의 예언가였던 오늘의 명상가와 나란히 겹치는 오래전 꿈속의 그림자 속에서……

너는 네 마음을 닦듯이 보이지 않는 거울을 닦는다. 끝 모를 반영만이 있을 뿐인 무한 변주되는 허상 속에서. 너는 네가 찾아 헤매던 붉은 조각을 영원히 찾지 못하리라는 사실을 비로소 깨닫는다. 찾아야 힐 조각 같은 것은 애초에 없었으므로. 무언가가 결핍되었다고 말하는 내부의 외부의 오래 학습된 목소리만이 있을 뿐이라는 사실을. 붉은 물결도 붉은 껍질도 붉은 소리도 붉은 도형도 붉은 의지도 붉은 감정도 네가 가진 삶의 방식 그대로를 반영한 채로 살아 있고 살아왔고 살아나가고 있었음을. 그러나. 순간순간 있는 그대로의 자신을 잊어야 한다는 것을. 그렇게. 순간순간 자기 자신을 잃어야 한다는 것을. 너는 이중의 거울 속으로 사라졌다가 나타났다가 이윽고 다시 사라졌다. 너는 어둑해지는 말들 속에서 반복해서 사라지고 나타나는 네 자신의 현존을 비로소 깨닫는다. 그 모든 사물이 스스로 모습을 드러낼 때까지. 다만 망각이. 다만 헛된 믿음이. 되비추는 물로 흘러갔다 흘러오길 반복하는 물결 속에서. 붉은 돌은 있는 채로 없고 없는 채로 있어서……

붉은 돌은 붉은 돌을 비춘다.

검은 달은 검은 달을 가린다.

맑은 물은 맑은 물을 던진다.

맑은 말은 맑은 말을 만진다.

*

다만 그러했고 그러하고 그럴 뿐이다.

*

너를 이루고 있는 그 모든 말들을 지울 때 너는 누구
인가.

영겁회귀의 시공 속 무한히 확장되며 나아가고 있는
너는 무엇인가.

*

오늘 아침 잠에서 깨어난 너는
맑은 말로 새롭게 쓴 이 모든 문장을
오래전에 이미 썼었다는 사실을 다시금 깨닫는다.

물과 산책

너는 물 없이 걷는다. 나는 말없이 걷는다. 우리는 걷는 사람이라는 역할을 수행하고 있다. 수행자는 수행자의 얼굴을 하고 있다. 수행자는 수행자의 마음을 하고 있다. 나는 어둡고 깊은 동굴 속에서 묵언 수행을 하는 노승의 얼굴을 떠올린다. 그는 이미 오래전에 죽어 한 줌의 흙이 되었다. 너는 물 없이 말한다. 이 산길은 참 좋구나. 가도 가도 끝이 없구나. 이렇게 걷고 걷다 세상 끝에 가닿겠구나. 세상 끝의 끝에 도착하는 것으로 세상 밖으로 나갈 수도 있겠구나. 나는 말없이 물을 마신다. 입 밖으로 나온 생각은 순간순간 생각을 지나치고 있다. 언어의 티끌이 묻어 있는 채로. 언어의 환영에 휩싸인 채로. 여기가 끝이야. 더는 마실 물이 없다고 너는 말한다. 우리의 수행은 말없이 물 없이 이어진다. 산책과 물은 가까워지면서 멀어진다. 우리의 수행은 멀어지면서 가까워지는 물가에 도착한다. 우리는 물 없이 말없이 출렁이는 물결을 바라본다. 물 위를 걷는 기적을 행했던 성자에 대해 말하지 않으면서. 물은 흐르거나 증발하거나 굳어가거나 얼어붙는다. 흔적을 남기지 않으면서 흔적을 남긴다. 존재-되기를 거부하면서 순간순간 존재하고 있다. 산책은 언제나 좋고 산책은 언제나 옳다. 수행자는 수행자로 존재할 수 없다는 사실에 대해 우리는 생각한다. 존재란 어떤 이름으로도 뒤덮일 수 없다고 했던 누군가의 말을 떠올리면서. 우리는 다시 물을 바라본다. 작고 하찮고 미약한 존재가 된 채로 우리는 다시 또다시 물을 바라본다. 바다라고 불리는 물. 호수 혹은 강이라고 불리는 물. 물방울 웅덩이 동심원 폭우 폭설이라고 불리는 물. 방울방울 떨어져 흘러내리던 누군가의 눈물 속에서. 우리는 물을 뒤로하고 걷기 시작한다. 왔던 곳으로 다시 돌아갈 수 없다는 사실을 생각하면서. 말하지 않음으로써 더욱 분명해지는 것들을 따라서. 우리가 만들어낸 흙먼지 호흡 걸음을 잊고 또 잊으면서.

옛날의 숲에게

옛날의 숲에서 만났던 것에 대해 오늘의 우리는 이 야기하고 있다. 우리는 우리가 도착한 순서에 대해 혹은 떠나온 순서에 대해 서로에게 묻지 않았다. 결국 먼저 왔어도 나중이 되었을 것이라고. 가장 나중 된 사람이 가장 먼저 될 것이라던 성경의 말씀처럼. 시간의 틈새에서. 어떤 미세한 시간의 틈새의. 어떤 미미한 시간의 왜곡에 의해. 우리는 서로 다른 속도로 옛날의 숲에 도착했고. 우리는 우리의 의지에 의해 어긋났고. 그러나 그때는 그 사실을 알지 못했고. 옛날의 숲에서는 시간이 선형적으로 흐르지 않았고. 옛날의 숲에서는 기억이 고이지 않았고. 너의 머리 위로 키 큰 나무들이 서로의 가지에 가닿으며 어두운 궁륭을 만들고 있었고. 너는 나무들이 쌓아 올린 시간의 폐허 속에 스스로를 유폐했다. 나는 동화 속 남매들처럼 빵 조각 혹은 조약돌을 떨어뜨리지 않았고. 되돌아보지 않고 나아가는 것으로 숲에서 길을 잃었다. 너와 나의 숲은. 그래. 스스로 길을 잃음으로써 혹은 스스로 갇힘으로써 공동의 기억으로 간직하게 된 우리의 숲은. 과거와 미래는 그 길이를 예측할 수 없었기에 동시에 펼쳐지고 있었고. 옛날의 숲은 입구와 출구를 찾을 수 없었으므로 두 개의 문이 하나로 겹쳐진 채 동시에 열렸다 닫히기를 반복하고 있었다. 숲 이전의 거처에서는 창이 없었고. 창이 없었으므로 빛이 없었고. 빛이 없었으므로 돌이킬 수 있는 어둠이 없었고. 어둠이 없었으니 모든 문양이 마음껏 넘실댈 수 있어서 물결의 방향대로 옛날의 바다가 눈앞으로 다가오곤 했다. 무엇이 당신을 이 숲으로 또다시 되돌아오게 하고 있습니까. 너는 계속해서 걷는다. 나는 너를 따르며 걷는다. 누구와도 나눌 수 없는 아름다움이 옛날의 이름으로 버려져 이 숲에서 쌓여가고 있습니다. 네 발밑의 마른 나뭇가지들은 매 순간 너를 의식하고 있다. 밟혀 부러지는 소리로써 너의 오래된 슬픔의 일원이 되어가고 있다. 나무와 나무가 몸 부딪히며 내는 소리가 태초의 음으로 들려오고 있었다. 숲에서 길을 잃었는데도 공포를 느끼지 않는 것이 이상하군요. 너는 너의 죽음을 오래도록 단련해왔고. 나는 나의 망각을 오래도록 실천해왔고. 그러나 죽음은. 그러나 망각은. 단련하거나 연습할 수 있는 것이 아니어서. 죽음은 오직 타인의 죽음으로. 그 자신의 죽음이란 그저 작은 죽음일 뿐이어서. 나는 입 없는 너의 말을 듣고 있다. 너는 오래도록 연주해온 네 악보를 펼쳐 열 듯 혹은 약속된 음보에 따라 흰 건반과 검은 건반 사이를 오가듯 이 나무에서 저 나무로 가로지른다. 저마다 음들은 저마다의 정확한 언어를 요구하고 있다고 느껴왔습니다. 나는 풍경과 풍경에 꼭 들어맞는 언어를 덧입히려 했던 일에 매번 실패해왔다고 말했다. 그러나 언어는 한이 없는 채로 우리를 영원히 채워나가면서 지워내고 있었으므로. 옛날의 숲 역시도 출구 혹은 입구를 만들어나가며 지워지고 있었고. 너는 마른 잎과 마른 잎 사이에 숨겨진 조약돌을 하나하나 주워 모은다. 걷는 걸음마다 하나씩. 하나 옆에 하나를. 하나 옆에 또 하나를. 조약돌은 과거인 동시에 미래인 너의 현재의 걸음과 함께 나아간다. 이제는 없는 옛날의 숲에 작은 길을 내는 것으로 우리는 우리의 기억을 만들어나갈 수 있습니다. 말하는 사이. 우리는 점점 더 분명하게 옛날의 숲에 속하는 사람이 되어가고 있었고. 뒤따르며 바라본 조약돌은 조약돌이 아니라 작은 조개껍데기였고. 나는 작은 조약돌 조개껍데기가 놓여 있는 길을 따라 옛날의 숲을 다시 바라보기 시작했다. 그렇게 우리는 옛날의 숲이 옛날의 바다를 사랑한 흔적을 우리도 모른 채로 걸어가고 있어서. 우리는 이미 오래전부터 우리를 살아온 사람들이라는 사실이 문득 슬프고 기뻤고. 그것이 우리가 공유한 단 하나이자 그 모든 기억이라는 것을 어렴풋이 깨닫게 되었을 때. 그때. 오늘의 우리가 우리에게 쓰는 편지는 또다시 시작된다.

옛날의 숲에게,

겨울 언덕으로부터

겨울이면 찾아가는 언덕처럼. 너는 약음의 기호를 따라 주의 깊게 건반의 페달을 밟는 소리를 좇고 있다. 이번 생은 이미 죽은 꿈속에서 펼쳐지는 풍경과도 같다고. 그러니 무한히 펼쳐지는 이 표면 위에서 끝없는 춤을 추겠다고. 표면이야말로 세계의 진실을 드러내는 가장 깊은 내부였으므로. 그때 저 너머로부터 불어오는 바람이 있어. 너는 전생에서도 같은 바람 속에 있었다는 듯이. 자신을 마중하는 얼굴로 기쁘게 다시 겨울 언덕을 향해 나아갔고. 현실보다도 더욱 생생한 환영 속에서. 자신이 놓여 있는 풍경을 바라보는 사람의 눈빛으로 언덕 너머를 바라보면. 이어 붙인 서로 다른 색깔들이 서로에게 물들며 하나의 빛으로 펼쳐지듯이. 어둠을 향해 나아가는 언덕은 달빛 아래에서 조금씩 희미해지고 있었고. 달빛 아래에서는 무언가를 적기에 늘 너무 어둡거

나 너무 밝아서. 너는 다시 쓴다 그것을. 오직 기억의 욕
망으로 작동하는 망각의 힘에 의해서.

그것은 간신히 포착할 수 있는 슬픔의 가장자리와도
같아서 물러나는 물결의 방향으로 살아 있는 것들을 지
워내고 있었다. 보이지 않는 밤의 궁륭을 가로지르는 유
약한 날개들을 보았고. 희붐한 새벽의 빛 속에 도착했을
때. 더는 이전으로 돌아갈 수 없는 사람이 되었다는 것
을 알았다. 그러나. 땅과 하늘의 경계는 멀어지듯 다시
다가오고 있었고. 그러니. 어제를 품은 채로 다시 날아
오르고 굴러가는 머나먼 풍경이 있어 우리는. 문장과 문
장 사이의 간격을 허용하지 않듯이. 목소리와 목소리의
간격을 분별하지 않듯이. 그 모든 지나온 자신의 이름을
다시 씨 내려가기 시작했고.

이번 생은 처음이라는 듯이 언덕에서 언덕으로 걸음
을 옮겼을 때. 어둠을 향해 가는 달빛은 겨울 언덕을 또
다른 하나의 얼굴로 불러들이고 있어서. 너는 다시 쓴
다. 이미 쓴 문장 위에 다시 또 새로운 문장을 겹쳐서 쓰
는 방식으로. 이미 쓰인 너의 이름은 서넛에서 두엇으로

두엇에서 하나로 하나에서 아무것도 아닌 형상으로 선명해지고 있었고. 각기 다른 조음기관을 가진 생명들이 그러하듯. 너는 저마다 다른 높낮이의 음률로 울리는 음들을 따라 겨울 언덕 위에 다시 도착해 있다. 울음은 언젠가의 이름을 불러내듯 닫히는 동시에 열리는 어조로 희붐하게 밝아오고 있었고. 문장은 이어진다.

다시 겨울 언덕으로부터,

다시 다가오는 향기를

다시 다가오는 향기를

너에게 주려고 나는 손안의 물을 바라보며 걷는다. 이것은 물이 아니구나. 두 손 가득히 받아 모은 것은 어제의 내일의 바다의 물결이구나. 나는 점점이 깊어지고 넓어지고 있는 바다를 바라본다. 이것을 너에게 주려고 나는 지금 여기로 돌아왔다. 손안의 물결은 짙어지고 있다. 나는 너에게 다가간다. 내 앞의 너에게. 보이지 않는 너에게. 너는 얼굴 없이도 누구인지 알 수 있는 사람. 너는 오래도록 한 사람에 대해 적어 내려가고 있다. 너는 왜 그토록 춥고 외롭고 한없이 엷은 사람에 대해 적어 내려가고 있는 것인지. 이름조차 가지지 못한 한 사람에 대해 왜 그토록 온 마음을 다해 걸어가고 있는 것인지. 머나먼 곳의 여윈 여인은 어느 날 무의식으로 찾아드는 예각의 빛줄기처럼 너에게 도착했다고 한다. 지나간 날의 예감처럼. 다가올 날의 계시처럼. 너처럼 일찍 부모를 여읜 그 여인을. 알아차리지 못할 정도로 미세하게 다리를 절고 있는 그 여인을. 너 자신도 알지 못하는. 한 번도 본 적 없는 미지의 여인을. 너는 기어이 사라지고야 마는 한 사람을 이 세계에 기입하려고 한다. 나는 그 여인이 누구인지 묻지 않는다. 한 사람의 유령에 대해서는 오래전부터 읽어왔다고 생각하면서. 너는 이름 없는 여인에 대한 세부 묘사에 골몰하는 것으로 한 시절을 건너가려고 한다. 나는 조금씩 형체를 갖추었다가 허물어지기를 반복하는 여인을 상상한다. 떠올려본 적 없는 여인을 떠올려보려는 순간 나는 꿈에서 깨어난다. 아침이 되려면 얼마간 더 기다려야 한다. 희붐한 빛 속에서 나는 얼굴 없는 너를 생각한다. 네가 여인을 적어 내려가는 방식으로 어둠 속에서 얼굴 없는 너에 대해 적어 내려간다. 두 손 가득 출렁이는 바다를 너에게 내미는 순간. 너와 나의 손끝이 맞닿은 순간. 언제나 그렇듯 가장 결정적인 순간 꿈에서 깨어나게 된다는 사실을 다시 떠올리면서. 그와 동시에 내 손안의 물결이 종국에는 잿빛 깃털로 흩어져 날아갔다는 사실을 기억해내면서.

전날 오후에 너는 날개를 다친 비둘기를 쪼아대는 까마귀 한 마리를 보았다. 사람들이 모여들었고 까마귀를 연신 쫓아내고 있었다. 가장 마지막까지 남아 바닥의 비둘기를 지킨 사람은 다리를 저는 여인이었다. 까마귀와 비둘기의 쫓고 쫓김은 며칠 전 내 꿈속에서도 같은 폐곡선을 그렸었다고 나는 말하지 않았다. 꿈속의 꿈을 반복해서 꾸는 것은 원형의 폐허*를 반복해서 걷는 일임을 자각한다는 것이겠지. 어제와 오늘과 내일을 동시에 살아가는 것으로 너와 내가 넓고 깊어지다가 다시 또 사라지는 꿈속의 꿈속의…… 꿈속을 들여다본다는 것이겠지. 꿈 밖으로 나오기 직전 나는 손안에 남은 잿빛 날개를 떠올렸다. 오래도록 책상 서랍 속에 놓여 있던 잿빛 깃털 하나를 만지면서.

그때
다시 또 다가오는 향기를

---

* 호르헤 루이스 보르헤스의 단편집 『픽션들』 중에서 「원형의 폐허들」

되기-일몰을 바라보는 눈

너는 집으로 가는 사람이다. 집을 나서는 순간 너는 집으로 가는 사람이 된다. 집으로 가는 길은 여럿이다. 너는 여럿의 길을 거쳐 여러 번에 걸쳐 집으로 간다. 너를 싣고 달리는 버스는 느리거나 빠르게 흘러간다. 느리거나 빠른 속도로 흘러가는 풍경을 너의 카메라는 담아내고 있다. 영상 속 풍경은 섬과 섬을 잇는 거대한 육교의 구조물을 보여주고 있다. 교각과 교각 사이로 늦은 오후의 빛이 깊어지고 있다. 앞선 풍경을 밀어내며 사라지는 섬들 너머로 희미한 분홍빛이 드넓게 번져오고 있다. 너는 사각의 화면보다 먼저 일몰의 순간을 알아차린다. 하나둘 교각을 지날 때마다 분홍의 붉음의 오후의 태양의 잔광이 너의 두 눈을 물들이고 있다. 사이. 태양은 조금씩 조금씩 수평선 아래로 사라져간다. 마지막 교각을 지나고 육지에서 섬으로 들어서는 순간 분홍의 붉음의 하루의 해는 완전히 사라진다. 너의 영상은 보이지 않는 해와 함께 끝이 난다. 순간. 시간은 이중으로 나뉘기 시작한다. 너의 영상 속 끝없이 반복 가능한 일몰의 시간과 태양이 사라진 채로 흘러가고 있는 영상 밖의 시간이 겹쳐 흐른다. 다시. 네가 담아낸 영상 속 풍경 속으로 일몰 이후의 시간이 영원히 섞여들고 있다. 너는 여전히 집으로 가는 사람이다. 집으로 가는 사람이 되어 직전의 일몰의 빛을 반복해서 되돌려보는 사람이다. 수직과 수평의 정밀한 구도 속에서 사라져간 일몰의 순간을 네 눈 속의 일몰의 여운과 함께 다시 바라보는 사람이다. 그러니까 이제 일몰을 바라보는 시선은 여럿이 된다. 녹음된 고요 속에서 사각의 화면 너머로 끝없이 흐려지고 있는 그 분홍빛은 다 무엇이었을까. 보는 것에서 보이는 것으로 자리를 바꾸는 그 모든 시선은 다 무엇이었을까. 너는 오늘도 집을 나선다. 집을 나선 이후로 너는 다시 집으로 가는 사람이 된다. 다시 또 일몰을 바라보는 눈이 된다. 어제보다 더 흐릿하거나 더 분명한 시선으로. 어제보다 더 붉거나 더 연한 분홍의 붉음의 밝음의 어둠의 잔상을 거느리면서. 너는 사라져가는 것이 되어 집으로 간다.

되기 - 눈과 손과 문과 사랑의 언어

눈과 손과 문과 사랑의 언어. 작고 희고 엷은 얼굴이 있다. 점점이 떠나가려고 엷어지고 있다. 엷어지면서 떠나가는 몸이 있다. 가고 있다. 멀리멀리로. 빛이 닿기 이전의 시간으로 멀어지고 있다. 멀어지려고 흐려지는 눈처럼. 사라지려고 작아지는 손처럼. 다시 열리려고 닫히는 문처럼. 눈과 손과 문과 사랑의 언어. 얼굴은 얼굴 이전의 얼굴로 돌아가고 있다. 눈은 더 이상 볼 수 없는 눈이 되고 있다. 손은 더 이상 만질 수 없는 손이 되고 있다. 문은 더 이상 열릴 수 없는 문이 되고 있다. 눈과 손과 문과 사랑의 언어. 말보다 먼저 무너지는 감각의 틈 속에서. 작고 희고 엷은 몸은 기어이 작아지고 있다. 사랑 없이 오는 언어 속에서. 눈과 손과 문과 사랑의 언어가 나를 떠나가고 있다. 떠나가면서 다시 무언가가 되어가고 있다.

엄마는 엄마의 아이가 되어가고 있군요.
엄마의 엄마를 오래도록 그리워했던 마음으로.

눈과 손과 문과 사랑의 언어. 작고 희고 엷은 얼굴은 왔던 곳으로 가고 있다. 드넓은 빛이 되려고 서서히 번지고 있다. 투명한 종이처럼 엷어지면서. 있었던 자리의 흔적을 남기면서. 몸이 사라지고 나서야 소리를 얻을 수 있다는 듯이. 사랑의 언어가 엷음의 바깥에서 울려오고 있다. 소리를 기다리는 귀의 그늘을 드리운 채로. 앞으로 나아가는 시간의 뒷면을 펼쳐내면서. 눈과 손과 문보다 먼저 도착하는 사랑의 언어가 있다. 어제의 목소리보다 그리운 눈과 손과 문이 있다. 말할 수 없는 말을 전하는 이름이 하나 있다. 눈과 손과 문과 사랑의 언어. 사라진 자리 위로 도착하는 그림자가 있다. 멀리멀리로 나아가고 있는 목소리가 있다.

눈과 손과 문과 사랑의 언어.
처음보다 더 처음인 듯한 숨소리가 있다.
없는 눈과 없는 손과 없는 문과 없는 사랑으로
없는 사랑의 언어로 하나하나 울면서 다가오고 있다.

되기—물방울 속의 물방울

물방울과 물방울은 겹이다
겹은 아주 미세한 차이를 가진다

겹쳐진 만큼의 부피와 밀도
겹쳐질 만큼의 질감과 형태
투명함과 투명함의 겹침 혹은 감싸안음

물방울 속의 물방울은
물방울의 안을 보는 것일까 밖을 보는 것일까

물방울은 떠오른다
하나의 물컵 속에서
떠오른 높이만큼의 깊이를
낙하의 자유를 동시에 품은 채로

한 알의 모래에서 하나의 우주를 보듯이

물방울 속의 물방울은
물방울 안팎의 이음새를 바라본다
물방울과 물방울 사이를 유영하거나 뒤따르면서

물방울의 물
방울의 울음

울음의 방과
물음의 방은

서로의 안팎이 되어
방울 방울 널어신다

하나의 눈물로서
뒤섞여 흐르면서
기억의 파편으로서
감정의 지층으로서

울음을 품은 시간의 반사면이
너의 방 안을 가득히 비추고 있다

눈 물 은
물 방 울 은
눈 물 방 울 은

울음의 방을 가득히 채우는
물방울 속에 비친 너의 방은

떨어진다 더 이상 떨어질 수 없을 때까지
너의 물방울은 너의 물 방 울 속 의 눈 물 은

잠겨 있는 것
잠들어 있는 것
깃들어 있는 것

땅속의 땅속의
물방울 속의 물방울처럼
침잠하듯이 천천히 스미는 것

잠시 살았다가
문득 잠들어버리는 것

죽기 죽어가기

죽어가기의 표면이 되어
알알이 맺히는 열매의 속도로
다시 살아나는 물방울의 입자로

열매의 얼굴 위에서 흐르고 있는
세계의 눈 물 방 울 을

둥근 사과의 속살 같은
둥근 지구의 표면 같은

물방울 하나가
울음의 방과 방울의 울음이 될 수 있는
가능성으로 나아가기 진동하기 품어 안기
하나의 물방울이 하나의 물방울을 사랑하는 방식으로

투명하게 나아간다
투명하게 사라진다

맺히고 떨어지고 묻히면서
가장 낮은 곳의 흙을 향해

되기-들판의 삼각형

들판의 삼각형을 발견한 것은 언덕의 사각형 혹은 공원의 오각형을 건너온 뒤였다. 삼각형은 자꾸만 자라나고 있었다. 자라나고 있는 삼각형 속에는 네 개의 삼각형이. 네 개의 삼각형 속에는 더 작은 네 개의 삼각형이. 작은 당신이 더 작은 나를 낳았듯이. 하나의 삼각형이 또 하나의 삼각형을 낳고 있어서. 들판은 삼각형으로 무한히 사랑하고 있었고. 삼각형 속의 삼각형 속의 삼각형 속의…… 한 사랑 속의 한 사랑 속의 한 사랑 속의……

이제는 눈에 보이지 않을 만큼 작아진 당신의 세계 속으로 너와 나는 작고 투명한 여행을 떠나고 있었다. 눈에 보이지 않는 것을 바라보는 사람은 작고 투명한 유리병 하나를 간직한 적이 있는 사람이라고. 작고 투명한 유리병 속에는 점 하나 선 하나 면 하나를 접고 접어

만든 색색의 작은 종이학 알이 가득 담겨 있었고. 두고
온 고향과 건너뛴 그리움과 자기도 모르게 종이 위에
그려 넣는 작고 각진 다각형과…… 우리는 더는 작아질
수 없는 세계 속을 걷고 있어서 이름 모를 사람의 꿈속
의 흰빛이 되어가고 있었다.

하나의 뿔 유니콘.
서주 우유 삼각팩 종이접기 삼각뿔.

상상할수록 더욱더 희미해지는 당신은 둥근 삼각 진
흙 더미 속 다면체의 옆모습으로 번지고 있다. 무수한
빛 송이 송이로 번지며 당신은 오늘도 보이지 않는 들
판을 달리고 있는 것이라고. 빛 파편 기억 번지는 가장
자리를 걷고 걸으며 우리는 생각했고. 몇 겹의 세월을
돌고 돌아 다시 만났던 당신과 나는 서로의 손바닥 위
에 보이지 않는 삼각형을 그려 넣는 것으로 다시 헤어
진 것이라고.

그때 들판은.

작고 여린 풀잎의 방향을 따라 드러눕는 들판은. 한 낮의 어두운 골목을 걷는 사람의 뒷모습을 가만히 안아주는 들판은. 간신히 하나의 공간을 만들어내는 점과 선과 면의 세계 속의 들판은. 이제는 볼 수 없는 사람들이 잠들어 있는 작고 둥근 진흙의 나라를 끝없이 품어주고 있었고. 만나고 헤어지고 다시 만나고 헤어지느라 세 개의 직선은 무수한 시간 속에서 부드럽게 휘어지는 것인데. 그리하여 점점이 둥근 진흙의 나라는 보이지 않는 바람과 구름과 수풀과 깃털과 눈물과 찬란으로 부풀어오른다. 놓쳐버린 사람이 놓아버린 사람에게 술과 꽃과 향을 올리듯이. 들판의 삼각형은 들판의 삼각형을 불러내고 있다. 더는 보이지 않을 때까지 오래오래 손 흔들면서 다시 만나게 될 너와 나를 기다리고 있다.

되기-잿빛 위의 작은 파랑

잿빛 위의 작은 파랑은 하나의 언어가 되어 너를 찾아낸다. 하나의 이미지라기보다는 하나의 언어적 기호로서. 너는 보이지 않는 그것을 본다. 보이지 않는 평야 혹은 비어 있는 하늘을. 물감이 덧발라진 어둠의 가장자리로부터 떠오르는 한 줄기 빛을.

너는 작은 파랑이 되기를 바란 적이 있다고 느낀다
너는 작은 파랑의 기억을 되찾기를 바란다고 느낀다
너는 희미한 잔상 속에서 오래 머물렀던 적이 있다

잿빛 속의 작은 파랑도 아닌
잿빛 안의 작은 파랑도 아닌
잿빛 위의 작은 노랑 혹은
잿빛 위의 작은 빨강도 아닌

어쩌면 잿빛 위의 작은 분홍과도 유사한

너는 너를 찾아온 이 낱말을
사라진 기억의 가장자리 위에 얹어둔다

잿빛의 기억에 의지한 채로
자신의 부피와 밀도를 증식해나가고 있는

하나의 단어를
하나의 세계를
오래전 잃어버린 세계를
언제나 새롭게 다시 또 되살아나는 익숙한 세계를

잿빛의
잿빛 위의
잿빛 위의 작은 파랑

입안에서 소멸하면서 다시금 다가오는
잿빛 위의 작은 파랑이 너의 목소리 위에서 맴돈다

너는 언제나 네가 알지 못하는 세계가. 그러나 이미
감각했던 하나의 세계가. 단 한 번도 발음해보지 않은
하나의 단어 위에서. 불현듯 너에게 도착하는 순간의.
그 기이하고 기묘한 끌림에 대해서. 머나먼 곳으로부터
찾아오는 기원에 대해서. 다시금 발원하는 네 글쓰기의
모든 것에 대해서. 너는 아직 밝아오지 않은 어두운 푸
른 새벽의 창 아래에서. 아무것도 쓰여지지 않은. 그러
나 이미 모든 것이 쓰인 텅 빈 노트 위에서. 잿빛 위의
작은 파랑이. 어리고 흐린 채로 겹쳐 흐르고 있는 것을
바라본다.

그것은 이미 쓰여진 것으로서. 다만 보이지 않을 뿐
인 어떤 문자로서. 흐릿한 이미지 혹은 불분명한 기억으
로서. 너는 그것을 작고도 큰 백지 위에 되살려야 한다
고 생각한다. 너의 모든 여백 속에서. 네가 겪은 무수한
잿빛의 세계 속에서.

잿빛 위의 작은 파랑은
어둠 속 푸른 지붕의 윤곽처럼
점점 밝아오는 여명의 빛과도 같이

어슴푸레한 새벽녘 창문 앞에 서 있는 여인의
빛바랜 치마의 색처럼 밝아오는 동시에 어두워져간다

어둠 속에서 받아 적은 것이 분명한. 너의 필체가 분
명한. 그러나 그저 무언가가 적혀 있다고 느껴질 뿐인
텅 빈 여백을 무연히 바라보면서. 알아볼 수 없는 너의
글씨에 대한 해석을 해독을 포기할 때쯤. 너는 직전의
꿈속에서 오래전 죽은 너의 개가. 잿빛 털을 가진 너의
개가. 아픔 없이 슬픔 없이 네 곁에 앉아 있었다는 사실
을 기억해낸다.

네가 너의 늙고 오래된 개의
잿빛 등을 쓰다듬으려는 순간

그 잿빛 등 위에 희미한
파랑의 기미가 드리워지고 있었다는 사실 역시도

오래된 애도의 빛으로서
혹은 다시 다가올 어둠의 전조로서

잿빛 위의 작은 파랑은
오직 미래의 예언으로서 너에게 나타났다가
사라지기를 반복하고 있는지도 모른다고 너는 생각
한다

언젠가 이미 보았고 들었던 너의 낱말 역시도
같은 방식으로 너의 기억을
조직하고 조작하고 있는지도 모른다고
너는 흐릿한 채로 흐르고 있는 너의 낱말을 바라본다

되기-잿빛 위의 작은 파랑
잿빛 위의 작은 파랑-되기를
너는 반복해서 수행한다

무수한 상처 위의 무늬 곁에서
아물고 벌어지기를 반복하는 너의 기억 속에서

무수한 색으로 덧칠해진 그림들 위에서
숱하게 발견해온 잿빛 위의 작은 파랑들 속에서

너는 어느 날 우연히
오래도록 떠올리려고 애쓰던 하나의 빛을
잿빛 그림 위에 적힌 작은 파랑의 기호와도 같은 무
엇을 발견한다

그것은 거대한 잿빛 그림의 일부분으로서
A와 O가 혹은 4와 C가
희미한 파랑으로 맺혀 있다

너는 화면을 확대하듯이
A와 O일지도 모를 4와 C를 최대치로 넓혀나간다

A와 O의
부분으로서의 기호들이 자신의 자리를 벗어난다
A가 I가 될 때까지 O가 U가 될 때까지

그리하여 다시
A와 O가 잿빛 위의 작은 파랑이 될 때까지
네가 이미 만났던 적이 있는 단어로 온전히 겹칠 때
까지

너는 너의 단어가
너의 잿빛 위의 작은 파랑이
기어이 도달하고자 하는 쪽을 향해 고개를 돌린다

하나의 죽음을 향해서
끝끝내 도착할 수밖에 없는 죽음을 향해서

너는 언젠가 보았던
베르메르의 그림을 기어이 기억해낸다

어둠 속에서 점점 더 분명해지던. 푸른 잉크빛을 뒤집
어쓴 채로 조용히 생동하고 있던. 그 모든 인물들을. 풍
경들을. 감정들을. 여백들을. 이미 알고 있는 죽음의 표
면과 맞닿아 있던 그 모든 희미한 파랑의 가장자리들을.

너는 이제야 비로소
잿빛 위의 작은 파랑이 펼쳐진다고 생각한다
그 모든 알 수 없는 존재의 기원으로부터 울려 나오는
다시 또 찾아가야만 하는 영혼의 울음으로서

그리하여 무엇이었을까

너의 잿빛 기억 속에서
겹쳐 흐르던 그 모든 작은 파랑들은

언어 이전의 빛의 잔상으로서
그 모든 박명의 지붕 위를 훑고 지나가던 흔적들은

되기-거울을 바라보는 거울

너는 두 개의 거울 사이에 놓여 있다

무한이 무한을 비추는 무한에 대해
무한이 무한을 비추다 무한히 휘어지는 형상에 대해

거울과 거울 사이에서
사물의 윤곽은 점점 더 흐려지고 있다
흐려지는 형상의 속도만큼
시간의 경계가 점점 더 느슨해지고 있다
미궁이라는 단어 속에서
길을 잃은 백지의 말 없음처럼

거울과 거울은
앞면을 드러내는 동시에 뒷면을 드러내고 있다

미세한 차이로 어긋나면서
말할 수 없음의 명백함으로 미끄러지면서

영혼과 신체 사이에서
형상과 비형상 사이에서
물질과 비물질 사이에서
존재와 비존재 사이에서

거울과 거울 사이에서
너는 정면을 볼 수 없는 구조의 집을 지을 수도 있다
무수히 빗겨 가는 채로 만나고 있는
무수한 자신의 형상을 마주할 수도 있다
사선으로 비껴나는 시선만이
무언가의 본질을 정확히 포착할 수 있다는 듯이

너는 너라는 존재가 되기 직전의
무수한 너를 바라보고 있다
무한을 목격하기 위해서는 무한이 되기 직전의
무수한 무한을 흘려버려야만 한다는 듯이

거울은 투명하다
거울은 얼핏 보기에는 더욱 투명하다

실재와 환상이라는 개념으로부터
너는 너를 영원히 지울 수도 있다
무수히 도열하면서 도착하고 있는
너의 앞면과 뒷면의 겹침 속에서
너는 너라는 존재를 영원히 잊을 수도 있다

잊으면서 잃어버리기 위해서
너는 지금 거울과 거울 사이에 놓여 있다

너와 너 사이에 놓여 있는 무수한 거울을 자각하듯이
너는 너라는 무한 속으로 뛰어들기 위해 거울 사이로
다시 끼어든다

거울과 거울 사이에서 너는
너 아닌 무엇으로 변모하고 있다

거울을 바라보는 거울은

무한이 아닌 무한을 너에게 투사하고 있다

너로 인해 거울은
무한을 반영하는 속도를 지연시키고 있다
너로 인해 무한은
무수히 태어나는 너를 닮아가고 있다

무한을 바라본 적이 있다고
믿는 얼굴만이 무한을 바라보듯이
거울과 거울 사이에서
무수한 형상들이 너를 흉내 내고 있다

너의 시선에 의해 끝없이 새로워지고 있는
분명히 바라보려 할수록 더욱더 멀어지고 있는
멀어지는 것이야말로 그 자신의 속성이라는 듯이

무한은 원과 선과 면과 점과 흙과 바람 사이에서
자꾸만 작아지면서 자라나고 있다
본래의 모습이 무엇인지 알 수 없도록
세부의 세부로 나뉘면서 점점이 사라지고 있다

너는 무한에게 무한히 비춰지면서
순간순간 다시 태어나고 있다

너의 얼굴도 너의 뒤통수도 아닌 것
오직 너로만 이루어진 것도 아닌 것

너는 이제 무한하지 않은 채로 무한해지고 있다
　너는 지금 무한의 사각 모자를 쓰고 한없이 나타나려
고 하고 있다

되기-말라가는 물감의 표면

그러니까 그것은 되어가고 있는 중인 표면이다

물감은 아직 완전히 굳지 않았다
마르기 직전의 흔들림을 간직하고 있다

그것은 시간의 호흡으로 살아갈 수도 있다
그것은 물질의 흔적으로 지워질 수도 있다
그것은 화창한 날의 기분을 비출 수도 있다
그것은 굳이 두고 가는 마음을 헤아릴 수도 있다
그것은 손끝으로 부드러운 곡선을 그려낼 수도 있다
그것은 기억나지 않는 빛을 기어이 반사할 수도 있다
그것은 물풀과 향기와 창문과 이름을 반추할 수도
있다

색은 고체가 되어가고 있다
덧칠의 덧칠의 덧칠의 덧칠이 향하는 이야기에 기꺼
이 귀 기울이고 있다

말라가는 것이 색의 색을 지워내고 있다
말라가는 피부처럼 갈라지는 흩어짐으로 색의 변모
를 도모하고 있다

시간의 표면은 굳어가는 것으로 흘러가고 있다

굳지 않기 위한 몸짓을
너는 오래도록 지켜본 적이 있다

늙어가는 나무처럼 비어가는 마음을
오래도록 들여다볼 때마다
너는

말라가고 있다
생명을 떠나가고 있는 피부 위에서
투명한 얼룩으로 남을 때까지

누구도 기억하지 못할 빛을 향해서
물들어가는 표면 아래로 물감은 색과 색을 모으고 있다
소중한 것은 표면과 표면 사이에서 흐르는 것이라고

보이는 것에서 만져지는 것으로
바라보는 것에서 보듬어지는 것으로

다시

보이지 않는 흔적으로 사라질 때까지
보드라운 색의 무덤으로 업힐 때까지
오직 고요하고 고유하게 빛바래고 있다

되기-종이의 접힌 가장자리

접혀 있는 종이는 접혀 있다

접혀 있는 종이는
접힌 가장자리가 되어 무언가로부터 멈추어 있다
접혀 있는 여백 위에는 무수한 활자가 담겨 있다

접힌다는 것은
기억되기 위한 몸짓으로 잊히고 있다는 것이다
펼쳐질 수 있는 가능성으로 영원히 삼각 모자를 쓰고
있다는 것이다

유예된 채로 흐르고 있는 시간의 삼각 모서리
밝혀낼 수 없는 무의식 저 너머의 표층으로부터 종이
의 가장자리는 낡아가고 있다

너는 너를 읽어낸 마음으로부터 멀어지고 있다
너에게 읽힌 마음은 언어적 기호로 변주되고 있다

읽히기 전에는 잠들어 있는 시간이 있었고
너의 꿈속에서 시간의 가장자리는
임의의 세모꼴로 끝없이 접히고 있었고
꿈속에서 너는 시간을 상징하는 도형을 무수히 그려
낼 수도 있었겠지만 도형은 시간의 틈바구니로부터 끊
임없이 벗어나고 있었으므로
천천히 표면을 잃어가는 접힌 종이의 삼각의 모자의
시간이 여백으로부터 부여받은 도형의 약속을 대변하
고 있는 것도 같았지만

너는 접힌 종이의
귀퉁이를 부르는 낱말 속으로 문득 건너뛴다

귀가 사라진 이미지 귀가 사라진 이미지 귀가사 라진
이미지 귀가 사라 진 이 미지 귀가 사 라 진 이 미지 귀
가사라진 이 미지 이 미지……

이 미지의 세계를 다시금 그려볼 수도 있을 것 같아
서 너는 먼 나라의 화가를 떠올린다

화가는 사랑하는 그림 앞에서 자신의 귀를 자른다
나는 삼각 모자를 쓴 오래된 종이를 당신에게 주고
싶다

삼각 모자 종이로 만든 다정하고 빛바랜 여백을
천천히 다가가듯 곁을 지켜주는 오랜 문장을

누구에게도 건네지 못한
삼각 모자를 쓰고 종이는 낡아가고 있다

언제고 펼쳐진다면 그것은
모자를 벗어 당신에게 인사를 건네는 것이라고

판단 없이 열리기 위해서
닫혔던 적이 있는 시간을 유보하고 지연시키기 위해서
나의 가장자리는 안부를 묻기 위해 잊힌 것처럼 접혀
있다

누워 있던 활자들과 함께 살짝 들어 올려지기 위해서
다른 시간 속으로 옮겨간 나의 자음과 모음을 만나기
위해서

종이는
무언가의 기억 속에서 다시 되살아나기 직전이다

되기-은빛 실선의 그림자

사각의 실선의 은빛의
닫힌 문 너머로부터 새어 들어오는

이전의 방과 이후의 방
사이의 경계를 드러내는
그림자로부터 다시 시작될 수 있는 사각의 세계의

어둠 너머의 빛을 바라봄 멀리
나의 이름이 될 수도 있는 문은 닫혀 있다

문과 틈 사이에서 새로이 떠오르는
은빛 실선의 이차원 평면 이미지로 밝혀질 수 있는
분명한 만큼 희미한 사물들의 그림자의

너는 어둡다
너는 어두운 사물이다

더욱더 어두워지면서 빛 속에 잠겨 있는 것
하나의 덩어리로부터 분리될 수 있는 고유한 것

감각 의자는 빛 너머의 책과 공책을 받아들이고 있다
아직 문장이 되지 못한 글자들이 너로부터 다시 받아
쓰여질 글자들이 어둠과 구별되지 않는 채로 그림자 주
머니에 담겨 있다 그 곁에는 거울과 양초 같은 것들이
피우다 만 정향 같은 것들이 희고 작은 새 조각상 두 개
의 정교한 날개 주름을 가진 날아오를 수도 있는 집이
라고 상상할 수도 있는 작고 검은 육면체가 놓여 있다

육면체를 이루는 여섯 개의 면에는
하나 둘 셋 넷 다섯 여섯의 둥글고 움푹한 홈이
새겨져 있다 주사위라고 부를 수도 있는
숯가마에서 구워지고 있는 도자기들이 감당할 수 없
는 열기로 인해 저마다의 작고 둥근 숨구멍을 틔울 때

어두운 육면체 곁에는
나무로 깎은 작은 돌멩이 하나가 놓여 있다
작은 돌멩이를 닮은 작은 나무 조각을
오래도록 만지고 만져서 반질반질해진
너의 작고 여린 반려 나무 돌멩이를
점점 더 바다 물결을 닮아가는 나무의 결을
너는 사랑한다 사랑하고 사랑은 하고 사랑을 하고
사랑이 하고 사랑도 하고 쓰다듬고 매만지고 안도한다

너는 죽은 나무 조각처럼 가벼워지고 가벼워져서
어둠 속에서 둥실 떠오를 수도 있겠지
아침이 되기 전까지 은빛 실선의 그림자가
너를 부드럽게 받치고 감싸고 있어서

사랑은 사랑을 하고
혼자 둥실 떠올라서 사물의 그림자와 하나가 되고
작은 나무와 나무가 모여 깊고 울울한 수풀이 되듯이
은빛 실선의 그림자 속에서 너는 두둥실 떠오른 누군
가의 마음을 헤아려볼 수도 있겠지

밝아오고 있는 빛의 시간 사이에서
닫힌 문의 번지는 테두리의
은빛 실선의 반려 그림자 마음 되기에 대해서
사물들은 어둠과 한 몸이 되어 협력하고 있다

숨고 숨겨주고 숨 쉬는 그림자 마음의 실선으로
너는 네 그림자로 누운 채 깊이 더 깊이 호흡하고 있다
너의 부분으로서 너의 전체가 되기 위해서

사랑은 하고 사랑을 하고
그때
나의 작고 반짝이는 나무 돌멩이가
고요한 자세로 아주 조금 걸음을 옮긴다

나와 함께 손 붙잡고
어둠의 평면에서 어둠의 입체가 되어
다시 일어서는 사람처럼 길을 나선다

숨 쉬는 육면체와 함께
보이지 않는 은빛 실선의 테두리를 가장하면서

되기-마지막에서부터 시작되는 첫 장면

장면은 언제나 마지막에서부터 시작된다

반대편에 앉은 사람은 보이지 않는다
처음을 잃어버린 사람의 얼굴을 하고 있다는 오해 속
에서

장면이 끝없이 반복되고 있다
자주 많이 등장하는 인물을
주인공이라고 가정하는 관습 아래에서
등장인물은 움직임과 멈춤 사이를 숱하게 반복하고
있다

무수히 분할된 화면으로 영원회귀의 영원히 반복되
는 현재의 과거의 현재의 미래의 현재를 상징적으로 상

영할 수도 있다고
　목소리가 들려오는 쪽으로
　인물은 반복해서 고개를 돌리고
　순차적인 움직임의 형식을 고려할 때
　시간은 선형적으로 흐르는 것이라고
　오해할 만하다는 목소리가 다시 이어지고
　나는 그 흐릿하고 느릿한 장면이
　영화의 마지막 장면이라는 사실을 뒤늦게 알아차린다

　마지막에 이르러서야
　비로소 첫 장면과 맞닿을 수 있다는 사실을 처음처럼
깨달았을 때

　축약된 하나의 삶이 하나의 죽음이 하나의 들판이 하
나의 불길이 하나의 진흙의 날림이 하나의 흙 먼지 일
개미의 궤적이 흔들리듯 흔들고 있었던 것은 너의 반복
되는 몸짓이었다는 사실을

　서로 사랑하는 사람들의
　몸짓을 닮았다고 생각했던 그것이

실은 생을 포기하고자 하는
사람의 몸짓이었다는 사실을

너는 언제나 네가 너의 언어로
밝히고자 하는 인물의 유형에 대해서 생각한다

너의 주의를 끄는 어떤 얼굴
너를 멈춰 서게 하는 흔적을 간직한
유리와도 같이 위태롭고
멀어지는 거리와도 같은 그늘을 지닌
어쩌면 오래도록 복제된 기억 속에서
반복해서 재생되고 있는지도 모르는

피로하고
사랑하고
살아가고
죽어가는

그럼에도 흔들리듯 춤을 추는
춤을 추면서 춤을 추면서 다시 일어서는

풀잎과 풀잎과 풀잎과 풀잎을 데려오는 인상의
본 적 없지만 분명히 존재한다고 믿고 있는 여리고
서러운 녹색 들판 위에서

그리하여
너의 인물은 마지막 장면에서 다시 되살아난다

순간과 순간을 순간처럼 이어내면서
자신의 죽음을 기쁘게 맞이하기 위해서

다시 번져오는 들판 너머의 바람처럼
끝도 시작도 없는 영원 속에서 끝끝내 걸어오고 있는
희미한 몸이 되어

되기-나 없는 나

나 없는 나는 나를 넘어선다. 죽음에 머물던 나는 없다. 어두운 밤길을 걷고 있던 나는 없다. 시간을 바라보던 어린 시절의 나는 없다. 어린 시절의 산도 어린 시절의 길 잃음도 없다. 이제 나는 어린 시절의 산으로부터 멀어졌다. 품어주던 곳으로부터 나는 스스로 걸어나왔다. 스스로 걸어나온 내가 없듯이 스스로 무너져내린 나도 없다. 없는 나를 쓰고 있는 나도 없다. 지금 이 순간에도 없는 내가 있는 나를 직전의 시간에서 직후의 시간으로 밀어내고 있기 때문이다.

낮에 길을 걷다가 문득 진공상태에 놓여 있는 듯한 느낌이 들었다. 가끔씩 찾아오는 익숙한 순간인데 멀리 눈을 들어 사라져가는 길 끝을 보았고 동시에 동네 뒷산에서 혼자 놀기를 좋아하던 어린 시절의 내가 떠올랐다. 일고여덟 살 무렵 나는 말이 없었고 친구들과 노는 것이 즐겁지 않은 어린이였다. 나에게는 산이 있었고 바다가 있었다. 당시 살던 곳은 집에서 걸어나오면 바로 산의 초입으로 들어설 수 있었다.

산은 언제나 좋았고 어둡고 밝고 깊고 품어주는 장소였다. 나는 늘 산으로 홀로 들어갔고 산 곳곳에 나만의 비밀의 장소를 두고 있었다. 어느 날엔가 그곳 중 한 곳으로 가던 길에 어떤 이상한 충동으로 그 장소를 지나쳐 가며 다시는 이 세계로 돌아올 수 없겠구나 생각했었던 기억이 난다. 어릴 적의 언어로는 이렇게 표현할 수 없었겠지만. 아니. 그때의 언어는 지금보다 더욱 모호한 채로 명확했다는 생각이 든다.

나는 늘 일부러 길을 잃는 순간의 무어라 할 수 없는 쓸쓸하면서도 묘하게 해방된 듯한 대자유함의 감각 속에 머물길 바랐던 어린이였고. 그래서 그 어린이는 이렇게 글을 쓰는 사람이 되었다. 그때의 언어를 되찾으려고. 되찾아서 다시 잃어버리려고. 더 큰 길을 잃으려고. 잃으려고 했던 길마저 잃어버리려고. 그래서 무한 속에 오롯이 있으려고. 나와 같은 감각을 가진 누군가와 이 텅 빈 가득함을 문장으로 나누면서 함께 더욱 무한해지려고.

구르는 돌멩이. 내내 혼자 걸어가는 돌멩이. 나는 자유다. 나는 없는 채로 있고 나는 없는 나인 채로 내가 되어가고 있다. 나는 녹색의 수풀의 물가의 없는 그늘 아래 앉아 없는 물가에 없는 발을 담그고 있다. 없는 물속을 노니는 어린 날의 내가 있고 일부러 길을 잃어버렸던 어린 날의 미래의 내가 지금의 없는 나를 바라보고 있다.

없는 나는 없는 나를 초과한다. 중간에서부터 다시 시작되는 삶을 가만히 받아안으면서. 없는 나의 손가락의 없는 나의 손톱에는 꽃물이 들어 있다. 꽃물은 담주황이고 나는 없는 꽃을 오래도록 사랑해왔다.

이제 꽃을 보는 것이 좋은 나이가 되었습니다.
나는 죽어가고 있기 때문에
오래도록 피어나는 것을 바라보는 것이 좋습니다.

꽃은 모르는 사이에 문득 진다. 눈 앞의 꽃도 없는 꽃이 되어 없는 꽃으로부터 없는 나를 다시금 불러낸다. 시간의 방향을 흩트리고 시간의 시작을 스스로 정하면서. 없는 나는 없는 나를 바라본다. 없는 나는 무한히 울고 있다. 없는 나는 무한히 웃고 있다. 없는 울음과 없는 웃음이 나를 두고 떠나가고 있기에 나는 울음과 웃음도 같은 이름으로 부르고 있다. 내 이름 역시도 몇 개의 다른 이름으로 순간순간 떠나가고 있다.

없는 내가 없는 나를 줄곧 데려왔으므로. 없는 나 이전에 있던 나를 들여다보기에 좋았고. 있는 나를 들여다보고 있으면 그 형상을 그 사건을 그 환희를 그 얼룩을 완전히 지울 수 있었으므로. 지우면서 다시 흘려보낼 수 있었으므로. 흘려보내면서 다시 그려낼 수 있었으므로. 있는 나는 없는 나를 천천히 흐려가는 것으로 지금 이 순간의 있는 나를 다시 또 그려내고 있다.

없는 나는 있는 나를 초월한다.
없는 채로 가득히 펼쳐질 수 있도록.

나는 내가 가진 단어들을 불러들인다. 그것은 아름다운 도형이고 슬픈 낱말이고 강인한 마음이고 다시 안아주는 손길이다. 현관 앞의 신발 곁에. 우체통 깊숙이 접힌 광고 전단지 곁에. 서점 계산대에 놓인 낡은 연필 곁에. 버스 창문에 기대 잠든 아이의 얼굴 곁에. 골목 귀퉁이 꽃집의 국화꽃 향기 곁에. 운동장 철봉에 매달려 바라보던 하늘 곁에. 매번 잃어버렸던 유년의 유리구슬 곁에. 어둑해질 때까지 구멍가게 오락기계 앞에 앉아 있던 소년 곁에. 밤이 되면 집으로 돌아가는 어린 새들 곁에. 산속을 떠돌던 어린 마음 곁에. 편의점 냉장고 문에 맺힌 물방울 곁에. 숲속 돌 위에서 만져보았던 한 줄기 바람 곁에. 써 내려간 뒤 다시 돌아보지 않는 문장 곁에.

잊어버렸거나 잃어버렸던 그 모든 사물들은
모르는 사이 서로를 바라보며
사랑을 하고 사랑을 해서

구르는 돌멩이. 구르는 돌멩이.
내내 혼자서 걸어가는 오늘의 돌멩이.

없는 나는 자꾸만 생겨나고 생겨나는 순간 다시 없어지고 있다. 없는 나는 있는 나를 무한히 드넓히고 있다. 타고난 빛으로 순간순간 환하게 물들이고 있다.

되기-노래하는 그릇 소리

노래하는 그릇으로 시작할 수 있다. 하나의 가정이 하나의 기정사실이 되는 방식으로. 끝끝내 도달하지 않는 의지로 기어이 도착하고야 마는 형식으로. 그릇은 품을 수 있다. 달걀과 닭의 입장에서는 그러하다. 그릇은 담을 수 있다. 물과 기름의 속성에서는 그러하다. 그릇은 심을 수 있다. 작은 그릇이 큰 그릇을 바라보는 시선에서는 더욱 그러하다. 그릇은 옮길 수 있다. 그릇은 넘어질 수 있다. 그릇이 넘어질 때 장소는 부엌에서 광장으로 이동할 수 있다. 광장은 사람을 불러 모은다. 크고 작은 깃발과 실현되지 않는 열망이 넘실거리는. 작은 울림이 점점이 번진다. 점점이 번지는 울림이 겹겹의 동심원으로 퍼져 나간다. 작은 그릇 하나가 울린다.

티베트에 가고 싶었어요

아주 오래전부터
태어나기 전부터 이미 있었던 그곳으로

어떤 장소는 가보지 않았는데도 이미 가본 것만 같다
사람들은 전생에 고향이었던 곳을 이생에서 다시 경
험하는 것일까 그리하여 과거와 현재와 미래를 다시금
겹겹이 이어 나가고 있는 것일까

그릇은 더욱더 크게 울리는 소리가 되어가고 있다.
나는 하나의 가능성으로 울리는 둥글고 우묵한 그릇을
손 위에 올려두고 있다. 사물의 진동이 나의 몸을 울리
고 있다. 소리의 진폭이 커져가는 만큼 나는 나의 높이
와 깊이를 이해한다. 고유함을 완전히 받아안는다면 스
스로를 온전히 안아 올릴 수 있다. 스스로가 스스로에
담길 때 스스로는 스스로를 비워낼 수 있다. 소리는 소
리로서 나는 나 자신으로서 가장자리를 흐리게 그릴 수
있다. 흐리게 그리는 방식으로 점점 더 선명히 지워낼
수 있다. 둥글게 원을 그리며 퍼져 나가는 파동 속에서.
제 소리를 흡수하면서 사라지는 소리굽쇠의 파형처럼.

하나의 소리가 누군가의 목소리를 빌려 와 나를 말하고 있다. 알 수 없는 언어가 하나의 음향이 되어 나를 부르고 있다. 몸보다 앞서 나가는 모음들처럼 하나의 소리가 하나의 그릇보다 먼저 저편으로 도착하고 있다. 소리가 나를 통과할 때 나는 내가 있는 장소를 떠난다. 이편에서 저편을 그리워하는 마음으로. 이편을 떠나는 것은 나의 몸만이 아니다. 하나의 그릇만이 아니다. 하나의 향기만이 아니다. 더는 하나의 소리만이 아닌 소리가 저편에서 다시 돌아오고 있다. 둥근 금속 그릇의 가장자리를 돌고 돌아 사라지면서 수만의 소리가 도착한다. 소리는 나를 다시 울리면서 사라진다. 이미 벌써 몸을 떠난 누군가의 목소리를 기억하듯이.

나는 당신의 소리입니다

아주 오래전부터
태어나기 전부터

내 입속에 맴돌던 하나의 바람이 있다

　너에게로 건너간 울림소리는 잊을 수 없는 하나의 표정이 된다. 하나의 표정은 잊히지 않는 오래된 목소리가 되어가고 있다. 나를 부르던 목소리가 나를 부르던 익숙한 목소리가 나를 부르던 익숙하고 다정한 목소리가 나를 부르던 익숙하고 다정하고…… 다시 목소리가 되어가고 있다.

　하나의 작고 둥근 그릇으로부터 시작할 수 있다. 그릇 속에 담긴 채로도 시작할 수 있다. 소리 아닌 소리가 되어가고 있는 나로부터 다시 시작할 수 있다. 몸을 떠났지만 다시 들려오는 목소리처럼. 나의 소리가 내 몸을 순간순간 떠나가고 있는 것을 자각하듯이. 작고 둥근 그릇은 더는 노래하지 않는다. 작고 둥근 그릇은 더는 울리지 않는다. 작고 둥근 그릇은 더는 울지 않는다. 내가 나의 몸속에 작은 호흡 하나를 봉인해두었듯이.

　울리는 그릇은 더는 울리는 그릇이 아니다. 울고 있는 내가 더는 울고 있는 내가 아니듯이. 나는 울린다. 손바닥 위의 작고 둥근 금속 그릇의 울림의 흘림의 풀림의 굴림의 물림의 홀림의…… 그 모든 흔적을 따라서.

나는 울린다. 사물의 윤곽을 스치며 나타났다가 사라지기를 반복하는 그 모든 소리처럼. 들리지 않는 소리를 받아쓰는 활자들의 움직임처럼.

울리기를 멈추지 않는 장소가 있습니다

기억 이전의 기억처럼
매 순간 나를 들어 올리는 소리처럼
다시 귀 기울이는 들리지 않는 마음처럼

둥글게 번지면서 사라지는 하나의
사라지면서 다시 나타나는 하나의
하나의 내가 있다

되기-그 밖의 모든 것

그 밖의 모든 것
그 밖의 모든 것

종이 위에 적히기도 전 하나의 경계가 생겨난다. 하나의 중심 혹은 무수한 중심의 밖. (어쩌면 안이라고도 할 수 있는. 우리가 모르는. 우리에게 보이지 않는. 고요한. 고유한. 하나의 가능성으로부터 다시금 떠오르는.) 모서리와 테두리와 가장자리와 가변적인 음보와 닫혀 있는 입과 발설되지 않는 모음과 숨겨진 표정과 어둑한 자리와 가벼운 마음과 가까운 이름과 그 밖의 모든 것으로부터 발생하는. 하나의. 혹은 둘의.

그 밖의
그 밖의

그
밖의
그 안의
그 안의
모든 것
되기

되어가는 것은 되지 않을 가능성을 품고 있다. 되어가는 것은 되지 않을 무한함을 환기한다. 자꾸만 밀려나는 자리를 자꾸만 밀어내는 자리라고 쓰기. 자꾸만 멀어지는 마음을 자꾸만 멀리하는 마음이라고 쓰기. 자꾸만 작아지는 마음을 자꾸만 작아지는 모음이라고. 모국어라고. 그리고 나의 어머니라고.

쓰기

나의 어머니. 나의 장소. 나의 나라. 나의 낱말.
나의 구어체에 각인되어 있는. 당신의 말투로부터 온 모든 것. 당신의 억양과 발음과 장음과 단음과 외로움과 그리움의 기원에 대해.

쓰기

나를 제외하고 다시 쓰기

어머니. 장소. 나라. 낱말.
달. 물. 하늘. 우물. 꿈을. 울음을.

꿈을 쓰기. 당신과 나의 꿈에 대해서.
당신과 나의 울음을 삼킨 꿈에 대해서 쓰기.

그것
그 밖의 모든 것인
그것

그것과 그것 아닌 것 되기
되기-되어가기

무수히 적어 내려갈 수 있는. 무수히 지워질 수 있는.
숱하게 지나갈 수 있는. 숱하게 짓밟힐 수 있는.
낱낱이 흩어질 수 있는. 흩뜨릴 수 있는. 흩날릴 수 있는.

그것

민들레 홀씨의 기분과도 같은

날아가는
흘러가는
물러가는

떠다니는
떠나가는
떠오르는

떠나갈 수밖에 없는
떨어질 수밖에 없게 하는

하나의 조건으로 고착된.
어쩌면 이미 조건 지어진.
조건 지어진 자리를 받아들이는. 불러들이는.
어느 결에 굳건해진 너의 두 손에 대해.
지붕 없는 들판을 자신의 집으로 삼는.

스스로를 마주 보는 자리를 오래 들여다보는.
자기 자신을 껴안을 수밖에 없는
두 개의 손을 가진 하나의 마음에 대해.

사라져도 좋은 가능성이 되어 안과 밖이 되는
이미 사라진 형상이 되어 안과 밖을 드나들 수 있는

그 밖의 모든 것-되기로부터
되기-그 밖의 모든 것으로
걸어온 걸음 수만큼 옮겨 온 이름 없는 들판에 대해.

그 밖의 모든 것으로부터 영영 작별할 수 있는

온기에 대해. 용기에 대해.
다시 또 피어오르는 기운에 대해.
기다림에 대해. 가다듬음에 대해.
다듬어지지 않은 채로 다듬어져온.
기다릴 수밖에 없었던 어둠의 시간들에 대해.

내가 떠나온 곳에 대해 나는 적어 내려가고 있다.

　내가 도착한 곳이라고 믿어온 곳을 다시 돌아보는 눈길이 되어. 낯선 장소로서의 너에 대해. 익숙한 풍경으로서의 나에 대해. 나 아닌 나에 대해. 나 아닌 너에 대해. 너와 너와 너로 이루어진 나와 나와 나에 대해.

　그 밖의 모든 것으로부터 돌아와
　그 밖의 모든 것 아닌 것이 되는 순간의.

　내 눈앞의 창문에 대해. 유리인 듯한 거울에 대해. 거울인 듯한 얼음에 대해. 마주 봄으로써 다시 옮겨 앉는 마주함에 대해. 다시 창문의 이쪽과 저쪽으로 나뉘는 공간에 대해. 어제와 오늘의 경계에 서 있는 우리에 대해. 들여다볼 수 있는 물질들 너머의. 투명하게 투영되는 너와 나의 마음에 대해. 들어본 적 없는 발음으로 인해 누구에게도 들리지 않는 언어에 대해. 들리지 않기에 이 세계에 없는 소리가 되어버린 한 언어에 대해. 따라 할 수 없는 음향에 대해. 누구에게도 들리지 않는 나의 어리고 작은 모음에 대해. 나의 목소리가 가닿는 창문 밖의 나무에 대해. 나의 오래된 나무에 대해.

창문. 햇빛. 돌멩이. 움직임.
쉼표와 쉼표가 생략된 낱말과 낱말 사이.
나무. 바람. 구름. 들판.
이른 아침 나무 사이. 이름 모를 새.

그래. 이름 모를 새. 이름을 알고 싶었던 작은 새. 황금
빛 섞인 노란 꼬리 깃털을 활짝 펼치며 날아오르던. 작
고 검은 눈동자를 갖고 있던 빛나는 새. 처음으로 사랑
하게 된 나의 작은 새. 두 번 다시 만날 수 없는. 머나먼
세계 밖으로 날아가버린. 그 밖의 모든 것……

그 밖의 모든 것으로부터
다시 그 밖의 모든 것을 향해 날아가버린

나는 이국의 거리를 걸으며
들리지 않는 나의 단어를 발음한다.

나의 단어 사이에는 황금빛 섞인 노란색이 스며 있다.
무수한 기억과 색깔과 소리와 한낮의 어둠과 한밤의
빛을 가리키는 무수한 시간이 부드럽게 담겨 있어서.

그 밖의 모든 것
그 밖의 모든 것

되어가고 있다. 되지 않고 있는 꼭 그만큼의 속도로.
무수한 몸짓들로 다시 떠오르는. 다시 태어나는.
나의 자리. 나의 종소리. 나의 가장자리. 나의 날개.
나의 황금빛 섞인 노란색의.

아무것도 되지 않을 자유에 대해
무엇으로도 태어나지 않을 의지에 대해

그 밖의 모든 것-되기
그 밖의 모든 것으로부터
다시 시작하는 동시에 다시 죽어가는

나와 나와 나와
너와 너와 너와

우리라고 묶이는 순간
우리라는 경계가 되어 다시 생겨나는

하나를 포함하는 무수한 노란색의
황금빛 섞인 무수한

한낮의 빛에 두들겨 맞은 채
울며 걸어가는 어제의 나로부터
밝아오는 새벽의 빛 속에서 새로운 집을 찾아 헤매는

나 자신도 나를 알아볼 수 없는
어두운 시간과 장소를 건너와
그 밖의 모든 것을 적어 내려가고 있는

안개. 이슬. 모래. 손바닥. 얼굴. 그늘. 거리. 그리움.
돌아 나가는 어깨. 구르는 돌. 구르는 돌 안개 이슬 모
래 어머니.

어머니.
구르는 흐르는 번지는 울리는 어머니.

나의 어머니는 지금 어디쯤 날아가고 있을까요.

너머로 날아가고 있는
나의 그 밖의 모든 것이 가리키고 있는
황금빛 섞인 노란색의

발음하면 발음할수록 서러워지는
이국의 거리에서 흩어지는 나의 모국어에 대해

그 밖의 모든 것과 함께
그 밖의 모든 것이 되어가고 있는

그 밖의 그 밖의
그 안의 그 안의 그 밖의

그 밖의 모든 것 되기
되기로부터 다시 발생하는
하나의 혹은 둘의 가능성으로부터

사라지는
살아지는
살아가는

그 밖의

그 밖의

그 밖의 모든 것

되기

되기

되기로부터

다시 달아나는

되어가는

되기

그 밖의

모든 것으로부터

나무 무덤 찾기

그것을 읽어라. 조합 혹은 콜라주의 방식으로 하나의 시가 완성되었을 때 노트는 텅 비어 있었다. 처음의 텅 비어 있음과는 또 다른 텅 빔. 가득한 텅 빔. 나는 무엇을 읽었는가. 나는 무엇을 썼는가. 어떤 세부에 대하여. 세부의 세부에 대하여. 어떤 순간에 대하여. 순간의 순간에 대하여. 세부의 세부를 파 내려간다는 것. 세계의 전모를 끝끝내 밝혀내지 못하는 방식으로. 단 하나의 사건도 풍경도 얼굴도 제대로 말하여질 수 없는 방향으로. 그것은 현실을 비현실로 만들고 물질을 반물질로 만드는 것이다. 우주의 가장 작은 물질을 발견해내기 위해서 미세 현미경으로 물질을 확대하고 확대하다가 결국은 인간의 시각적 능력으로는 볼 수 없는 무엇에 가닿는 것과 유사한. 마찬가지로 가장 거대한 접안렌즈를 설치해서 우주를 올려다보는 방식으로 가장 작은 물질을 포착해내려고 하듯이. 끝없이 되비치는 거울상과도 같이 한없이 무화되는 방식으로 무한으로 나아가듯이. 그리하여 현실은 재현할 수 없는 순간의 연속이고 언어는 부조리함 그 자체로 언어화되기 이전의 의미, 언어화되려는 의미를 초과해서 나아간다.

정확한 언어로 모호함을 새기기 위하여. 언어의 빈자리를 환기하는 언어를 새기기 위하여. 언어는 이미 쓴 문장을 건너뛰고 건너뛴다.

언제 썼는지
기억나지 않는 무수한 문장들을 재배치한다.
글쓰기로 인해 나의 삶은 나로부터도 당신으로부터도 멀리 떠내려온 것만 같다고 느끼면서.

종이의 길은 멀고 슬픔은 길고 길어서 백지는 모종의 기미와 전조로 뒤늦게 채워지고 있다. 그 꿈에서 나는 낭독을 하는 사람이었다. 보이지 않는 얼굴들이 보이지 않는 채로 나에게 재촉하고 있다. 그것을 읽어라. 당신의 시를 낭독하라고. 나는 노트를 펼친다. 노트는 텅 비어 있다. 노트는 텅 비어 있는 채로 가득하다. 페이지마다 내가 쓴 문자로 가득하지만 그 어느 페이지에도 시라고 부를 만한 것은 없다. 이것은 그저 시작 노트일 뿐이구나 나는 깨닫는다. 그러나 그것을 읽는 순간 그 행위야말로, 순간에서 순간으로 건너뛰면서 휘발되는 문장을 자각하는 순간이야말로, 시가 발생하는 현장을, 시가 사라지면서 피어오르는 현재를, 목격하는 것이라 생각하면서. 나는 읽는다. 나는 그것을 읽는다. 이 페이지에서 저 페이지로 건너뛰면서. 저 페이지에서 이 페이지로 되돌아오면서. 한 문장 한 문장 한 단어 한 단어 차례차례 읽는다. 읽음으로써, 읽음의 행위를 지나쳐 옴으로써 그 모든 문장이 하나의 시로 완결된다는 듯이.

언젠가 보았던 영화 한 편을 떠올린다. 안드로이드 복제 인간의 무구한 세월을 건너온 사랑과 기억의 역사에 대해서. 자신의 정체성에 관한 희미한 확신에 대해서. 안드로이드는 안드로이드에게 말한다. 복제 인간이라 하더라도 우리는 자신만의 감각으로 이 현재를 살아가므로 우리는 매 순간 새롭게 태어나고 있는 거라고. 우리는 그렇게 성장하고 나아갈 수 있는 존재라고.

나는 읽는다. 내가 쓴 것을 읽는다. 풍경은 감정이 드러날 언어를 기다린다. 언어를 기다리는 풍경이 남아 있는 한 시-쓰기는 언제까지나 언제까지고 지속될 것이다.

어느 꿈에서 나는 두 번 다신 볼 수 없는 사람을 만난다. 그는 그립고 안전하고 확장되고 멀어진다. 시간과 공간이 중첩된 채로 존재는 자신도 알지 못하는 무수한 목소리를 덧입는다. 그는 나인 동시에 너이고 너인 동시에 나이다. 나는 꿈속에서 들었던 그의 이름을 기억하려고, 기록하려고, 꿈에서 깨어난다. 그러나 머리맡의 노트를 펼치는 순간 그의 이름은커녕 바로 직전에 보았던 그의 얼굴조차 기억나지 않는다. 분명한 것은 그가 더는 이곳에 없다는 사실이다. 그가 있는 곳의 삶은 알 수 없는 것이기에 나는 그의 안위와 행복을 바라며 몇 개의 유리 조각들을 남겨진 유품 곁에 놓아둔다. 그것은 오래도록 나만의 재단이 된다.

겨울이면 찾아가는 언덕처럼 너는 약음의 기호를 따라 주의 깊게 건반의 페달을 밟는 소리를 좇고 있다. 이

번 생은 이미 죽은 꿈속에서 펼쳐지는 풍경과도 같다고. 그러니 무한히 펼쳐지는 이 표면 위에서 끝없는 춤을 추겠다고. 표면이야말로 세계의 진실을 드러내는 가장 깊은 내부였으므로. 그때 저 너머로부터 불어오는 바람이 있어 너는 저 깊은 전생으로부터 가져온 작은 돌을 던지듯 자신을 마중하는 얼굴로 기쁘게 다시 겨울 언덕을 향해 나아간다.

　그 꿈속에서 우리는 무엇인가를 찾아가는 사람인 채로 한 배를 타고 있다. 해안에 다다를 때까지도 우리는 말이 없다. 각자가 맡은 역할의 이름으로 혹은 각자가 가닿고 싶은 언덕의 이름으로 서로를 부르고 있다. 색채 감별사와 언어 조합자와 지질학자와도 같은 이름으로. 혹은 한 몸인 채로 끝없이 복제되면서 다시 태어나고 있는 배우와 가수와 시인의 이름으로. 찾아야 하는 무엇보다도 찾아 나서는 여정 혹은 찾아내려는 의지 자체가 중요한 여행.

　찾으려는 것에 대해
　우리가 공유하고 있는 지침은 다음과 같다.

1. 녹색 선을 따라가시오.
2. 허물어지지 않는 형태를 찾으시오.

　지침은 세상에 대해 정의 내리는 문장 속 그 모든 술어의 성격을 반영하듯 지극히 단순하면서 복잡했고 명료한 듯 모호했다. 우리는 우리 이전에도 그것을 찾으려 했던 사람들의 이야기를 들었으며 무수한 사람들이 이 과제를 수행하지 못했음을 알아차린다. 허물어지지 않는 형태를 찾는다는 것. 그것은 시간과 공간에 대한 저항이자 제약에 다름 아니었으므로. 생명의 본질에 맞서는 의지와도 같은 것이었으므로. 그러니까 우리는 각자의 죽음을 유예하러 길을 나선 참이거나 찬란한 죽음을 맞이하러 가는 중이라고. 그러나 그것은 누구의 죽음인가. 누구의 죽음인지를 묻는 것으로 각자 자신의 죽음을 기꺼이 받아 안게 되는 여행. 타인의 죽음은 목격자에게는 작은 죽음일 뿐이다. 명백히 말하자면 한 인간이 명확히 인지하여 경험했다고 말할 수 있는 죽음이란 존재하지 않으므로. 입 없는 말을 내뱉는 포의 소설 속 인물의 목소리와도 같은 것일 뿐으로. 우리는 우리의 죽음을 예비할 수 있는가. 무언가를 예행한다는 것 자체가 불가능한 시도가 될 때 우리 앞에 목적 없이 흐르는 한 척의 배가 나타난다.

뭍에 도착한 배에서 우리는 내렸고. 눈앞에는 녹색 선이 그어져 있다. 녹색 선을 따라가라는 말 없는 명령을 쥐고서. 그러나 녹색 선 옆에는 조금 연한 녹색 선이. 조금 연한 녹색 선 옆에는 그보다 더 연한 녹색 선이. 색채 감별사가 녹색과 녹색의 명도와 채도의 차이를 면밀히 살피는 동안 색과 색은 서로의 색에 의해 간섭당하며 충돌하고 있어 순간순간 그 자신의 색을 잃는 것으로 문득 환해지고 빛바래간다. 그러는 사이 해는 지고 있었고. 어둠 속에서 녹색 선은 점점 검정 테두리로 바뀌어가고 있다. 내던져진 존재를 연기하는 우리를 멀어져가는 배 위에서 바라보듯이. 우리는 문득 신의 눈으로 자신을 조망할 수 있게 된 스스로의 시선을 알아차린다.

녹색 선의 검정 테두리 곁에서 우리는 하나의 형태를 발견한다. 이미 허물어진 상태로 닫혀 있는. 우리는 그것을 열고자 한다. 이미 열려 있는 그것을 자꾸만 자꾸만 다시 열고자 한다. 단단한 진흙으로 뭉쳐진 그것이 헤아릴 수 없는 세월을 건너기 전에는 하나의 나무둥치였다고 지질학자는 말한다. 우리는 한 줌의 진흙을 만지며 말한다. 그러니까 이것은 나무 무덤이다. 나무 무덤. 그것은 나무로 만든 무덤이라는 말일까. 아니면 오래전 나무의 무덤이란 말일까. 언어 조합자는 손아귀를 빠져나가는 한 줌의 진흙을 느끼며 혼잣말하듯 중얼거린다.

꿈에서 깨어났을 때 나는 전날 책상에 펼쳐둔 페이지를 열어보았다. 장자의 호접지몽을 떠올리게도 하는 그 페이지를. 가까스로 만들어낸 제 꿈속의 인물이 스스로 꿈속의 인물임을 자각할까 봐 두려워하지만 실은 자신 역시도 누군가의 꿈속 인물이었음을 깨닫는 이야기. 원형의 폐허들* 속에 스며 있는 오래전 진흙의 질감을 감각하면서. 현실은 현실이라고 믿는 시선과 감각 속에서만 현실로 재현될 뿐이라고 생각하면서. 너는 꿈속에서 네가 읽었던 하나의 술어를 다시금 떠올렸다. 사라지다 라는 형용사의 발음이 누군가에게는 살아지다로 들렸을지도 모른다고 뒤늦게 생각하면서.

* 호르헤 루이스 보르헤스의 단편집 『픽션들』 중에서 「원형의 폐허들」

슬픔의 내부에 새겨진 문장들

강보원 시인

이곳이 아닌 다른 곳

때로 우리는 자신이 아무것도 아니라고 느끼며 지금과는 뭔가가 달라졌으면 하고 바라게 된다. 보들레르의 산문시 「이 세상 밖이면 어디라도」[1]에서 인생을 하나의 병원이라고 생각하는 화자는 자신이 겪고 있는 고통으로부터 벗어나기 위해 어디로 가면 좋을지 그의 영혼에게 물어본다. 그는 이런저런 이유를 들며 리스본, 네덜란드, 바타비아 등의 장소를 제안하는데, 묵묵부답이던 영혼은 결국 폭발해 이렇게 대답한다. "어느 곳이라도 좋다! 어느 곳이라도! 그것이 이 세상 밖이기만 하다면!" 그런데 우리가 누구인가는 우리가 어떤 위치에, 그

---

1) 샤를 피에르 보들레르, 『파리의 우울』, 윤영애 옮김, 민음사, 2008, 273쪽.

러니까 어떤 관계 속에 놓여 있느냐의 문제이기도 하
므로 이 말은 결국 이렇게 바꿔볼 수도 있다: 누구든 좋
고, 누구든 괜찮다—내가 나 자신이 아니기만 하다면.
하지만 어쩌면 괴로움은 우리가 경험할 수 있는 최악의
것은 아니다. 우리가 괴로움을 느낀다는 것은 이 고통
의 시간을 새로운 국면이 찾아오기 전까지의 과정의 시
간이라고 생각할 수 있다는 뜻이기도 하기 때문이다. 하
지만 이 시간이 영원처럼 느껴지기 시작하고, 그 안에서
할 수 있는 것이 없다는 데에 생각이 미치기 시작할 때,
그래서 삶이 어떤 체념과 다를 것 없이 느껴질 때, 우리
는 괴로움이 아니라 슬픔을 마주하게 된다. 슬픔은 본질
적으로 어찌할 수 없는 것, 돌이킬 수 없는 것, 우리의 손
을 영영 떠난 것에 대한 감각이기 때문이다.

나 자신에 대한 기억

　　이제니의 시는 우선 이 속수무책의 시간 속에서 쓰인
다. 그렇기에 그의 시는 무엇인가를 할 수 있음이 아니
라 할 수 없음으로부터 시작된다. 그는 어떤 만남은 다

시 이루어질 수 없음을 받아들이므로 "없어진 다리 위에서는 다시 만날 수 없었으므로/ 너 없는 장소에서 너 아닌 것에 대해 쓰고 있다"(「너와 같은 그런 장소」)고 고백하며, 또 다른 시에서는 남김없이 말할 수 없는 무엇인가가 있다는 사실을 받아들임으로써 시를 말하기가 아닌 말의 머금음에 가까이 가져간다. "돌멩이 위에 포개어진 채로 보이지 않는 마른 풀처럼/ 그저 그렇게 말할 수밖에 없는 마음이 있고// 다만 그런 정도로만 말할 수 있는 것은/ 다만 그런 정도로만 말하는 것이 좋다"(「걷는 발걸음과 함께 걷는 발걸음」).

　하지만 슬픔과 함께 쓴다는 것이 어떤 좌절을 의미하는 것만은 아니다. 사실 글쓰기란 슬픔을 회피하고 그것으로부터 벗어나기 위한 방법이 아니라, 오로지 슬픔 속에서만 찾을 수 있는 슬픔이 아닌 어떤 것을 찾는 일에 가까울 것이다. 내가 아닌 다른 무엇이 되고자 하는 소망에 대해서도 그렇다. 이제니는 우리가 무엇이든 될 수 있다는 달콤한 말을 해주지는 않는다. 오히려 그는 아무리 원한다고 해도 나는 내가 아닌 다른 무엇이 될 수 없다고 단언한다. "나는 당신 같은 구름이 될 수 없습니다.// 당신이 당신인 채로 죽었듯이./ 나는 나라는 구름으로 살아갈 뿐이어서.”(「어린 구름에 얼굴을 묻고」) 다만 이제니는 이 불가능성을 가능성의 관점에서 바꿔 읽는다. 요컨대 그럼에도 만약 내가 무엇이 될 수 있다면, 이는 내가 언젠가 바로 그 무엇이었던 적이 있기 때문일 것이다. 이 바꿔 읽음을 통해 ‘내가 무엇이 될 수 있을까’라는 질문은 ‘나는 무엇이었을까’라는 질문으로 바뀐다. 그리고 그것이 이제니가 이번 시집『영원이 미래를 돌아본다』에서 탐색하는 대상이자, 미래가 앞이 아닌 뒤에 놓여 있는 이유이다.

내가 무엇이었는지를 아는 것은 기억의 문제이다. 그런데 이런 종류의 기억은 가장 본질적인 층위에서 나의 존재와 관련되어 있다는 바로 그 이유 때문에 우리 자신을 항상 초과할 수밖에 없다. 가령 우리는 한 나무의 씨앗이 잎을 틔우고 자라서 다시 한 그루의 나무가 될 수 있는 이유를 그 씨앗이 어떤 방식으로인가 나무의 삶을 기억하고 있기 때문이라고 말해볼 수 있다. 이때 씨앗의 기억은 씨앗 그 자신보다 훨씬 크고, 또 씨앗이 일상적으로 체험하는 것과는 다른 시간적 질서에 속해 있다. 이제니의 화자들이 걷는 곳은 바로 이러한 시간, 자신조차 알지 못하는 과거와 다가올 미래에 대한 기억으로 가득 찬 현재이다. 이제니에게 사물은 이 기억이 세계 속에 새겨지는 방식이며, 시 쓰기는 그 흔적의 읽기이다. 그리고 이 흔적 속에서 우리는 일상적인 것과는 아주 다른 질서를, 먼 것과 가까운 것이 전혀 다른 방식으로 뒤얽혀 있는 세계를 본다. 시를 쓰는 눈은 숲을 걷다 발견한 "작은 조약돌 조개껍데기"를 "옛날의 숲이 옛날의 바다를 사랑한 흔적"으로 읽어내며(「옛날의 숲에게」), 그로부터 서로 관련이 없어 보이는 두 대상이 맺고 있는 관계를, 그 둘의 나누어질 수 없음을 다시 떠올린다. 이제니에게 발음의 유사성이 그토록 중요한 시적 원리가 되는 이유도 여기에 있다. 그에게 "이파리"와 "지푸라기"(「이파리와 지푸라기」)가 지닌 발음의 유사성은 이 두 대상이 한곳에 머무르는 장소이자 그 장소의 청각적 흔적이다. 그것은 살아 있는 것과 죽은 것, 짙은 녹색과 옅은 갈색, 부드러움과 푸석푸석함의 나누어질 수 없음에 대한 기억인 것이다.

　그리하여 나 자신이 누구인지를 기억하기 위해 나는 지금의 나와 아무 관련이 없어 보이는 대상으로부터, 그리고 지금 내가 있는 곳과 아주 멀리 떨어진 어떤 곳으로부터 나의 흔적을 읽어내야만 한다. 왜냐하면 태어난다는 것이 이미 "이전과 다른 몸이 되어 이전과 다른 이름으로 돌아온다는 것"(「영원이 미래를 돌아본다」)이기 때문이다. 내가 나의 몸과 나의 이름을 가지고 이곳에 오기 전에 나는 작은 파랑이었을 수도, 절름발이 개였을 수도, 어느 다리 위의 고양이었을 수도, 또는 누군가의 어머니이자 그녀의 딸이었을 수도 있다. 글을 쓰는 사람이었을 수도, 노래를 절대 부르지 않는 사람이었을 수도, 매일 아침 달리기를 하는 사람이었을 수도 있다. 그것은 내가 지금 되기를 원하는 모습과 비슷할 수도 있고, 어쩌면 전혀 다를 수도 있다. 또 이러한 기억에 대한 인식이 현실적이고 즉각적인 변화를 약속해주는 것도 아니다. 그러나 그것은 삶의 부재처럼 보이는 삶이 여전히 어떤 다른 시간의 흔적을 품고 있을 수 있다는 것을, 그래서 우리에게 주어진 것이 우리의 앎을 훨씬 뛰어넘을 수 있다는 사실을, 손쓸 수 없고 돌이킬 수 없는 슬픔 속에 어떤 자유가 존재한다는 사실을, 지금의 내가 송두리째 뽑혀 나간 뒤에야 닿을 수 있는 내가 있다는 것을 말해준다. 그 모든 인식이 여전히, 그리고 어쩌면 필연적으로 어떤 슬픔 속에서만 이루어져야 한다고 할지라도 말이다.

함께 있는 일

소년 만화의 클리셰 중 하나로 이런 것이 있다. '네 옆에 있기 위해서 나는 더 강해지지 않으면 안 돼……'라고 다짐하는 주변 인물. 그러면 주인공은 '친구가 되는 데에 자격 같은 건 필요 없어!'처럼 따뜻하고 멋진 말을 해준다. 주인공의 말에는 일리가 없지 않고, 확실히 주변 인물의 태도는 자기 자신을 그 자체로 사랑하지 못하는 것처럼 보이기는 한다. 하지만 시몬 베유는 그것이 자연스러운 일이라고 생각했다. "그 누구도 자기 자신을 사랑하지 않는다. […] 인간은 이기주의자가 되고 싶겠지만, 그럴 수 없다. 그것이 인간의 비참함이 갖는 가장 놀라운 특성이며, 인간의 위대함의 원천이다."[2] 나는 시몬 베유의 말이 이 클리셰 속 인물의 마음을 잘 이해하는 한 가지 방식이라고 생각한다. 그러니까 지금과는 다른 무엇이 되고 싶다는 생각은 꼭 자신만을 위한 것이 아니며, 이미 그 안에 다른 누군가와 함께 있고 싶다는 소망을 품고 있다는 것이다.

그러니 우리는 '되기'에 대한 이 시집을 '함께 있기'에 대한 것으로 읽어도 좋을 것이다. 이 함께 있음은 꼭 실제로 가까운 곳에서 마주 보고 앉아 있는 형태만을 가지지는 않는다. 오히려 그것은 친숙하거나 낯선 사물들로부터, 문득 눈을 뜬 아침이나 잠들기 전의 늦은 밤 창밖에서 들려오는 소리로부터, 새삼스럽게 다시 바라보게 된 단어로부터, 들어본 적 없는 나무의 이름 같은 것들로부터 그 누군가와의 기억을―그것이 아직 일어나지 않은 일이라 할지라도―떠올리게 되는 일에 가까울 것이다. 그리고 그것은 우리가 다시는 만나게 될 수 없게 된 사람에 대해서도 마찬가지이다. 말하자면 애도란 우리를 떠난 이와 이전까지와는 다른 방식으로 함께 있는 일이자 또 그렇게 함께 있을 수 있는 사람이 되는 일이다. 『영원이 미래를 돌아본다』는 또한 그 함께 있음의 흔적이기도 하다. 이 흔적들이 슬픔의 내부에 새겨져 있기에, 슬픔은 온전히 슬픔으로 남아 있을 수만은 없다. 아마 그것이 우리가 미래를 기억하는 한 가지 방식일 것이다.

2) 시몬 베유, 『중력과 은총』, 윤진 옮김, 문학과지성사, 2021, 85쪽.

이제니 시인이
퍼낸 책들

• 시집
『아마도 아프리카』, 창작과비평, 2010.
『왜냐하면 우리는 우리를 모르고』, 문학과지성사, 2014.
『그리하여 흘려 쓴 것들』, 문학과지성사, 2019.
『있지도 않은 문장은 아름답고』, 현대문학, 2019.

• 산문집
『새벽과 음악』, 시간의 흐름, 2024.

영원이 미래를 돌아본다

이제니 시집

초판 1쇄 발행	2026년 1월 1일
초판 2쇄 발행	2026년 1월 23일

발행인	이인성
발행처	사단법인 문학실험실
등록일	2015년 5월 14일
등록번호	제300-2015-85호

주소	서울시 종로구 혜화로 47 한려빌딩 302호
전화	02-765-9682
팩스	02-766-9682
전자우편	munhak@silhum.or.kr
홈페이지	www.silhum.or.kr

디자인	김은희
인쇄	아르텍

ⓒ이제니
ISBN 979-11-984817-5-7 (03810)
값 12,000원